おれは一万石

世継の壁

千野隆司

双葉文庫

目次

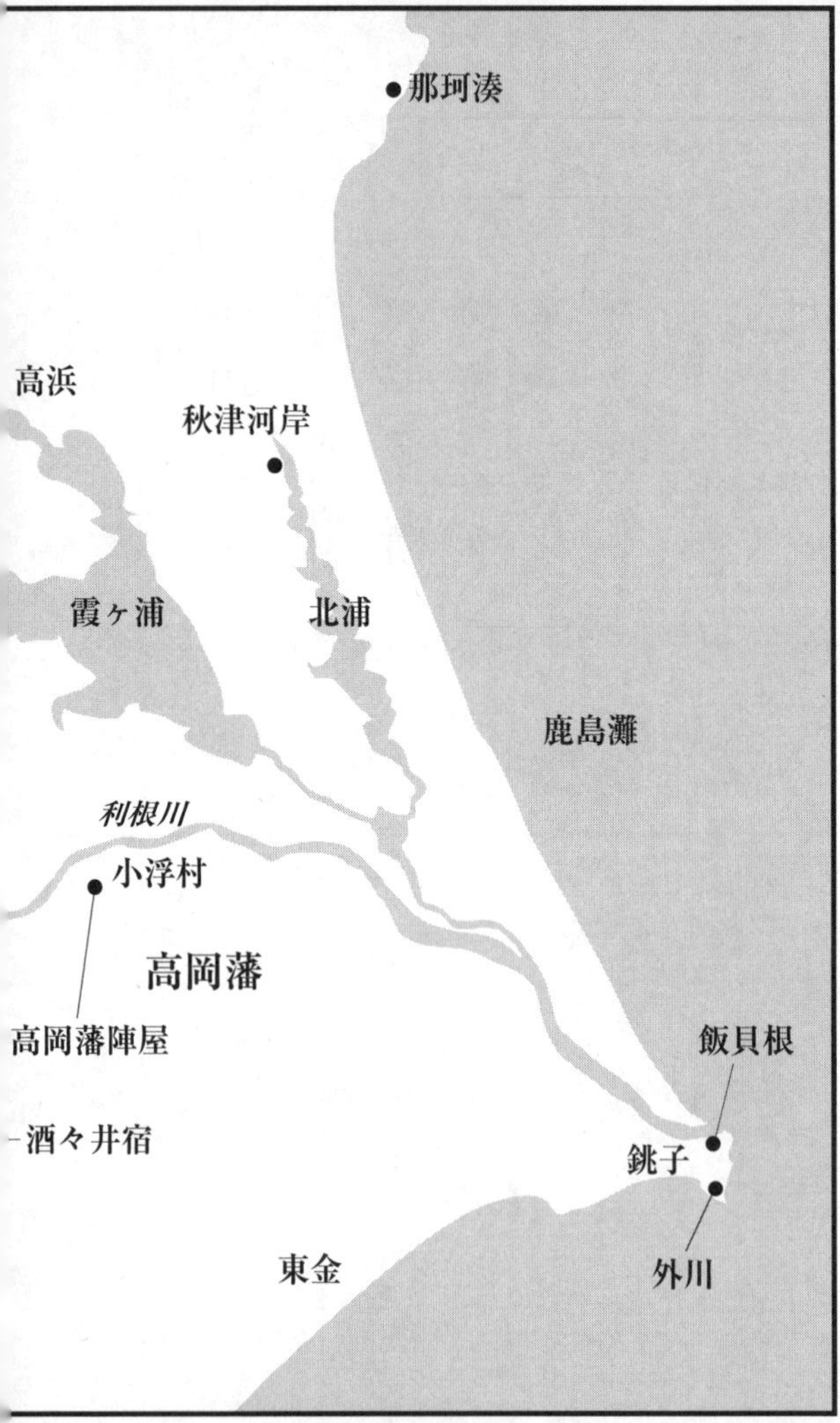
那珂湊
高浜
秋津河岸
霞ヶ浦
北浦
鹿島灘
利根川
小浮村
高岡藩
高岡藩陣屋
飯貝根
酒々井宿
銚子
外川
東金

↑白沢・柳林・阿久津河岸へ
久保田河岸
▲筑波山
下妻藩
鯉川
小貝川
関宿
鬼怒川
牛久
粕壁
野田
取手
流山
柏
三郷
木颪
川口
松戸
白井
江戸川
鎌ヶ谷
萩原村
隅田川
江戸城
行徳
印旛沼
日本橋行徳
新川
小名木川

おもな登場人物

井上正紀……高岡藩井上家世子。
竹腰睦群……美濃今尾藩藩主。正紀の実兄。
山野辺蔵之助……北町奉行所高積見廻り与力で正紀の親友。
植村仁助……正紀の供侍。今尾藩から高岡藩に移籍。
井上正国……高岡藩藩主。尾張藩藩主・徳川宗睦の実弟。
京……正国の娘。正紀の妻。
佐名木源三郎……高岡藩江戸家老。
佐名木源之助……佐名木の嫡男。
井尻又十郎……高岡藩勘定頭。
青山太平……高岡藩徒士頭。
高坂市之助……仇討ちを遂げ、帰参した高岡藩士。
松平定信……陸奥白河藩藩主。老中首座。
松平信明……吉田藩藩主。老中。老中首座定信の懐刀。
井上正森……高岡藩先代藩主。

おれは一万石
世継の壁

前章　正国の病

一

寛政《かんせい》二年（一七九〇）は、十二月二十九日が大晦日《おおみそか》だった。その前日、二十八日の夕暮れどき、日本橋《にほんばし》の東にある箱崎《はこざき》町の干鰯〆粕魚油《ほしかしめかすぎょゆ》問屋宮津《みやづ》屋の主人富右衛門《とみえもん》は帳場の奥で商いの綴《つづ》りに算盤《そろばん》を入れていた。小僧が、年内中に届けるようにと告げられた魚油の樽《せわ》を荷車に積んで、配達に出かけて行った。

朝から忙しない。いよいよ明日は大晦日だ。品の配達だけでなく、番頭や手代が掛売の集金も行っている。売掛金を持参してくる顧客もあった。風は冷たいが、店の戸は開けたままだった。

卸先《おろしさき》からの売掛金は、順調に集まっている。すでに合わせれば四百両近くまでいっていた。

明日は定まった支払いのすべてを、払い終える手筈だ。

表の通りからは、餅搗《もちつ》きの音と掛け声が聞こえてくる。正月の支度《したく》も進んでいるが、商家はまず金銭の始末をつけなくてはならなかった。

「ただいま戻りました」

店の番頭弐兵衛《にへえ》が、供の小僧を連れて敷居を跨いで入ってきた。声が明るい。富右衛門は算盤から手を離し、顔を上げた。

「無事に、用は済んだようだな」

「はい。しめて二十四両分、受け取ってまいりました」

弐兵衛は、巾着に入った金子と内訳を記した綴りを差し出した。受け取ると、ずっしりと重い。

富右衛門は早速中味を検《あらた》めた。小判だけでなく、小粒や五匁銀、銭も交じっている。数えると、間違いなく受け取るべき金高になっていた。

「ご苦労だった」

弐兵衛をねぎらった。高額な集金だったので、一部待ってくれとやられるかもしれない。しかしそれでは、宮津屋が払いに困る。だからやり手の弐兵衛をやった。一人では何があるか分からないので、小僧を供につけた。

店にある金子と合わせると、四百二十両を超した。

「これで滞《とどこお》りなく、明日の支払いを済ませられる」

富右衛門は、胸を撫で下ろした。小判と銀貨、銭に分ける。小判と銀貨は錠前のかかる金箱に入れた。これは夜になったら、富右衛門の寝室に置く。

小僧が明かりを灯した行燈《あんどん》を運んできた。店の前の通りには、薄闇が這っている。明るいうちは多かった荷船の行き来も、いつの間にか少なくなっていた。

日本橋界隈とはいっても、箱崎町はその東の外れにある。日本橋川から大川《おおかわ》に抜ける箱崎川の南河岸《みなみかし》に、一丁目と二丁目があった。日本橋川は隣接する北新堀《きたしんぼり》町の南を回り込んで大川に流れた。したがって箱崎町と北新堀町は三方を川に囲まれた土地になっていて、ここを永久島《えいきゅう》と俚称《りしょう》した。永久島には二つの町の他に、四家の大名屋敷があった。

宮津屋は、この地で先々代のときから干鰯〆粕魚油の商いを続けてきていた。富右衛門は二十六歳のときに親の跡を継ぎ、それから二十年が過ぎた。店を守るだけでなく、商いを広げてきたのである。

銚子《ちょうし》から仕入れる干鰯や〆粕は田畑の肥料として、江戸《えど》からさらに他の土地へ送られる。しかし魚油は、安価な照明用油として江戸の庶民に売られた。少なくない顧客があって、儲けも大きかった。

暮れ六つ（午後六時）の鐘が鳴って、店は戸を閉めた。富右衛門は、建物とその周辺を見廻った。

「火の用心。それと戸締まりは、きちんとしなければいけませんよ」

奉公人たちに声をかけた。

「河崎《かわさき》様、一つ今日はよろしくお願いいたします」

「任せておけ」

今夜は、手練《てだ》れの用心棒河崎兵輔《へいすけ》に、寝ずの番をしてもらう。店には四百二十両の大金がある。万一のことを考え、念を入れたのである。たびたび敷地内を見廻ってもらい、何か起こったら、小僧が町の岡っ引きのところへ走る手筈もできていた。

河崎は三十四歳で、浪人者だが無外《むがい》流の達人だとか。すでに半月ほど店の一室で寝泊まりをさせている。用心棒代は弾んでいた。

店の裏手は、板塀で囲まれている。富右衛門は、わざわざ自分で木戸口の閂《かんぬき》がかかっていることも確かめた。冷たい夜風が吹き抜けた。

ずっしりと重い金箱は、寝室の違い棚の上に置いた。晩酌はそこでやったが、早々に済ませた。五つ（午後八時）には、建物の中はしんと静かになった。

富右衛門も、床に入った。隣の寝床では、すでに女房が寝息を立てていた。うとうととした。町木戸が閉まる四つ（午後十時）の鐘の音を聞いたような気がした。庭に何かの気配を感じて、目が覚めた。胸騒ぎがあった。闇に目を凝《こ》らした。

とそのときだ、雨戸が外される音がした。どきりとして、富右衛門は起き上がった。すぐに金箱を胸に抱き、変事を店の者たちに知らせようとした。

「うわっ」

直後、叫び声が聞こえた。手代の声だ。そして廊下で人が倒れる気配があった。ばたばたと複数の足音が響いた。閉じられていた襖《ふすま》が、外側から乱暴に開かれた。

現れたのは、顔も体も黒ずくめの男だ。手には、抜き身の長脇差が握られていた。賊が押し入ったと分かったが、声は出なかった。ただ体が震えた。

廊下の向こうにも、人がいた。黒ずくめの賊が二人だ。河崎の部屋の襖が開いていて、そこから行燈の明かりが漏れている。

刀を抜いた河崎の姿が目に飛び込んだ。室内でも巧みに刀身を賊の一人に向けて振り下ろした。肉と骨を裁《た》つ鈍い音が聞こえた。

「ううっ」

斬られた賊は匕首《あいくち》を握っていたが、歯向かう間もなく体を硬直させその場に倒れた。

「このやろ」

ほぼ同時に、男の怒声《どせい》が起こった。そして黒い塊が河崎の斜め後ろから飛びかかった。

「おのれ」

河崎の、苦痛の声が聞こえた。もう一人の賊が匕首で刺したのである。一度抜いて、もう一度刺した。聞き取りにくい言葉を叫んでいた。

けれどもそれは、瞬く間のことだった。襖を開けた賊が、面前に進み出てきた。手を伸ばして、富右衛門が胸に抱いている金箱を奪い取った。強い力だった。

「や、止めてくれ」

富右衛門は、賊の体にしがみついた。金箱を渡すわけにはいかない。その瞬間は、恐怖を忘れていた。

「うるせえ」

賊は斬られた仲間に目をやってから、長脇差の切っ先を富右衛門の腹に突き刺してきた。

「ひいっ」

冷たい異物が腹にめり込んで、息ができない。何が何だか分からなくなった。

大晦日の早朝、高積《たかづみ》見廻り与力の山野辺蔵之助《やまのべくらのすけ》が北町奉行所へ行くと、同心詰所が慌ただしい様子だった。

「何かあったのか」

「はい。箱崎町の問屋が賊に襲われ、四百二十両を奪われたそうで」

山野辺の問いかけに、近くにいた定町《じょうまち》廻り同心の一人が答えた。少し前に知らせがあって、日本橋界隈を町廻り区域としている定町廻り同心と検死役の同心が出かけるところだった。

「店は」

「干鰯〆粕魚油問屋の宮津屋です。主人と用心棒、それに賊の一人が殺されたそうです。他にも怪我人が出ているとか」

宮津屋ならば、知っていた。高積の見廻り区域内だ。奪われた金高も大きいが、三人が命を落とす事件だった。捨て置けない気持ちになった。二人の同心について行った。

日本橋川は、北町奉行所に近い呉服橋《ごふくばし》御門の北、一石《いちこく》橋下から日本橋や江戸橋を経《へ》て大川に注ぐまでの川をいう。江戸橋を下ったところで、北東へ行く箱崎川と南西の霊岸島《れいがんじま》方面へ行く亀島《かめじま》川とに分かれた。その二つの川を過ぎた下流に、永久島と霊岸島を繋ぐ湊橋《みなとばし》が架かっていた。

霊岸島から湊橋を渡って永久島に入ると、左手に箱崎川に沿った箱崎町が、右手に日本橋川に沿った北新堀町の家並みが続いている。水運に便利な場所なので、大小の問屋が並んで、船着場では荷の出し入れが行われていた。山野辺が高積見廻りとして、よくやって来る場所だった。

川面《かわも》では荷船がひっきりなしに現れて、通り過ぎて行く。冬とはいえ、照り返す日差しは眩《まぶ》しかった。

永久島内には、干鰯〆粕魚油問屋が二軒あり、一軒が北新堀町の東雲屋《しののめや》で、もう一軒が今回襲われた箱崎町の宮津屋だった。どちらも、町では大店《おおだな》の部類に入る店である。

山野辺らは、宮津屋の敷居を跨いだ。

すでに土地の岡っ引きが姿を見せていた。殺害現場はそのままになっていて、家族や奉公人たちは皆、一室に集められていた。

主人の富右衛門は、寝間着姿で下腹を刺されて死んでいた。山野辺は同心らと共に、死体を検めた。濃い血のにおいが鼻を衝《つ》いてくる。

「他に傷はないですな。刺した後で抉《えぐ》っている。手慣れた者の犯行と思われまする」

検死役の同心が言った。寝間着も畳も、血で濡れている。

奪われたのは、今日の支払いの金を含めた四百二十両だった。錠前のかかった金箱ごと持ち去られている。

骸《むくろ》はもう二つあった。一つは用心棒が斬り捨てた盗賊のものだ。黒っぽい衣装で、顔には黒布を巻いていた。肩から胸にかけて、ばっさりやられている。山野辺が、顔の布を剝《は》いだ。三十前後とおぼしい歳と察せられた。

胸に、般若《はんにゃ》の彫り物が施されていた。大人の握り拳ほどの大きさで、鋭い怒りと恨みの目を向けている。

もう一人は用心棒の河崎兵輔という浪人者で、三十四歳だそうな。傷は三か所で、一つは脇腹、他は肩と心の臓が刺されていた。心の臓は、止《とど》めとして刺したものと思われた。

「憎しみがこもっているようだな」

同心が言った。

岡っ引きの話では、河崎は十二月中旬から雇われて、母屋内の一室で寝起きをしていた。宮津屋では年末の金子が動く折に、半月ほど雇っているのだとか。口入屋から来る者だから、年によって人が変わる。

他にも刺された手代がいたが、命に別状はなさそうだった。別室で手当てを受けている。

斬殺された賊は、身元を知らせる品は何も身に着けていなかった。胸にある般若の彫り物だけが、人物を特定する手掛かりになる。

次に山野辺と町廻りの同心は、生き残った者から話を聞いてゆく。

二

二十九日未明、眠りの中にいた井上正紀《いのうえまさのり》は、慌ただしく動く人の足音で目を覚ました。奥の藩主の寝所あたりからだ。

横で寝ていた京《きょう》も、目を覚ましたのが分かった。正紀は明かりを灯した。

「殿様に、何かありましたね」

京が厳しい表情になって言った。

「また心の臓の発作であろうか」

下総高岡《しもうさたかおか》藩井上家一万石の下谷広小路《したやひろこうじ》の上屋敷奥でのことだ。当主の正国《まさくに》は、三月《みつき》ほど前から体調を崩していた。心の臓の発作ならば、今月に入って二度目となる。

足音が近づいてきた。寝所の前で止まった。

「火急のことでございます」

侍女の声が聞こえた。慌てている。

「殿様におかれましては、心の臓の痛みに苦しんでいらっしゃいます」

正国に変事があったら、夜中でも知らせろと伝えていた。すでに藩医は呼びに行ったと続けた。

「よし」

正紀と京は、すぐに正国の寝所に赴いた。一度目の発作があって、そのときは驚いた。どうにか治まって、これでよくなってくれればいいと願っていた折も折のことである。

「ああ、殿が。殿が」

正室の和《かず》が、京の顔を見ると走り寄ってきた。二度目の発作に慌て、怯えている。

京は、実母の肩を抱き手を握った。そして腰を下ろさせた。

正国の寝所は、襖が閉じられている。藩医の声と、正国の呻《うめ》き声が聞こえた。

外がわずかに明るみを見せた頃、襖を開けて中年の藩医が病間から出てきた。沈痛な面持《おもも》ちだ。

「発作は、治まりましてございます」

しかし安堵《あんど》はできないと告げた。体は弱っている。小康状態でいたが、心身に疲労や屈託があったのだろうと医者は言った。

「では、また起こるのか」

「ないとは申せませぬ。ご養生をしていただくしかございませぬ」

今は寝ている。目を覚ましたならば、薬湯を飲ませると医者は続けた。病間に和と京が入った。正紀も、後に続いた。

寝顔を覗き見た。眼窩《がんか》が窪み、窶《やつ》れた顔だった。四年前、正紀は美濃今尾《みのいまお》藩三万石竹腰《たけのこし》家から、井上家に婿に入った。一人娘の京と、祝言《しゅうげん》を挙げたのである。そのときの正国は大坂定番《おおさかじょうばん》の役に就いていて、生気の漲《みなぎ》った闊達《かったつ》そうな顔をしていた。

この三月《みつき》ばかりで、一気に老けたと感じる。

正国の心の臓の発作は、家臣《かしん》たちにも伝わっている。案じているはずだから、とりあえず発作が治まったことは伝えなくてはならない。

身支度《みじたく》を整えた正紀は、御座所に江戸家老の佐名木源三郎《さなきげんざぶろう》、勘定頭《かんじょうがしら》の井尻又十《いじりまたじゅう》郎《ろう》、そして徒士頭《かちがしら》の青山太平《あおやまたへい》を呼んだ。一同、沈痛な顔で現れた。

「治まったのならば、何よりでございまする」

正紀の話を聞いた佐名木は、安堵にはほど遠い顔で言い、そして続けた。

「いよいよ、無理の利かないことになりましたかな」

佐名木は隠居を示唆《しさ》した。正国は能吏《のうり》だが、体力があってのことだ。寒い折とはいえ、月に二度も発作があれば、公儀のお役どころか藩主としてもおぼつかないことになる。

「長い大坂勤めがあり、江戸に戻られてからは奏者番《そうじゃばん》という激務に就かれました。お疲れが溜まったのでございましょう」

嘆息交じりに口にした井尻は、肩を落とした。

正国は昨年三月に、病を理由に幕閣の一員となる奏者番の役を辞した。しかし病は偽りだった。兄である御三家筆頭の尾張《おわり》藩主徳川宗睦《とくがわむねちか》の意志で、再登板の意向を持っていた。

本当に病になるとは、正紀は考えもしなかった。

正国は、奏者番の役に就いている間、政争の坩堝《るつぼ》の中にいたといっていい。老中首座松平定信《まつだいらさだのぶ》は、宗睦ら御三家の後押しをもって老中の座に就いた。しかし行った政策は、宗睦が目指すものとは方向が違った。

「質素倹約だけで、どうにかなるものではあるまい」

囲米《かこいまい》政策も棄捐《きえん》の令も、有効な対策にはならなかった。宗睦の意に反して行った、定信の施策である。それらは米相場や直参の暮らしを混乱させただけだと、宗睦は判断した。

定信とは袂《たもと》を分かつ決断をしたのである。

正国は宗睦の実弟で、一万石ではあっても尾張一門の中では重要な役割を果たしていた。大坂定番を終え、将軍に近侍する奏者番の地位に就いた。しかし尾張が定信と袂を分かった以上、その地位に残ることはなかった。

正紀は高岡藩に婿として入ったが、実父竹腰勝起《かつおき》は尾張藩主徳川宗勝《むねかつ》の八男で、現当主宗睦の実弟であり、舅《しゅうと》となる正国は宗勝の十男だった。正紀は、叔父が当主となる高岡藩井上家に婿入ったのだった。

高岡藩井上家は、遠江浜松《とおとうみはままつ》藩六万石井上家の分家だが、二代続いて尾張の血を引く者が婿に入った。多くの大名旗本は、高岡藩を尾張の一門として見なすようになった。事実正国は、奏者番を辞した後、尾張徳川家のご意見番のような役割を果たしていた。

しかし今になって考えれば、病《や》んでいた正国には、それさえ重荷だったのかもしれない。

ただ宗睦にしてみれば、能吏の誉れ高かった実弟を、定信失脚後に重用したいと考えていたのは間違いない。

「このままでは、登城もままなるまい。万が一にも、城内で何かあったら一大事でござる」

佐名木が言った。一同は、頷《うなず》くしかなかった。

「藩士たちは惜しむでしょうが、病状を鑑《かんが》みれば、仕方がないのかもしれませぬ。お命には代えられませぬゆえ」

青山は、正国の隠居を踏まえた発言をした。

「しかし殿は、どのようにお考えでしょうか」

井尻は、正国の心情を察する発言をした。藩主の座に留まるか退くかは、正国の決断となる。

すっかり明るくなって、大晦日の一日が始まった。すでに煤払《すすはら》いなどは済ませていたが、井尻など勘定方は忙しない一日となる。

高岡藩では、大奥御年寄滝川《おとしよりたきがわ》の拝領町屋敷の管理と集金を請け負っている。額こそ四十両だが、毎年必ず入る実入りは、藩財政には大きな意味を持った。滝川とは宗睦の口利きで正紀が知り合い、今では昵懇《じっこん》と言っていい間柄になった。

正紀は年貢米収入だけでなく、領地の利根《とね》川の高岡河岸に納屋《なや》を拵《こしら》えて、水上輸送の中継地として栄えさせることを考えた。今では五棟が並び順調に収益を得られている。

そしてさらに、銚子の〆粕と魚油の製造元である松岸《まつぎし》屋を通して、〆粕販売の仲介を行っていた。この実入りも、馬鹿にならなかった。

昼近くになって、松岸屋の番頭蔦造《つたぞう》がやって来た。銚子の松岸屋の江戸店である。店舗は構えていないが、江戸の問屋に魚油と〆粕を卸《おろ》していた。正紀はその〆粕商いの一部に関わっていた。

出入りの業者への対応は井尻が受け持つが、松岸屋は正紀も関わっていることなので、二人で対応した。

松岸屋は、銚子の網元《あみもと》から鰯《いわし》を仕入れ、〆粕と魚油を作り、江戸や近郊で売っていた。この店の、実質的な主人が、高岡藩の先代藩主井上正森《まさもり》だった。五十一歳で隠居をし、八十を過ぎる今日まで、江戸と銚子を行き来して商いに関わっていた。

銚子と江戸に、歳の離れた女房代わりの者を置いていた。蔦造は、江戸の女房お鴇《とき》の実弟で、松岸屋の江戸商いにおいて、実質的な差配を行っていた。

「いや、昨夜はとんでもないことがありましてね」

蔦造は挨拶《あいさつ》もそこそこに、宮津屋であった押し込み事件について話した。

「悪辣《あくらつ》なやつがおるな」

話を聞いた正紀は口に出した。殺された賊はともかく、斬られた主人や用心棒は憐れだった。

正紀は蔦造と共に宮津屋へ行き、主人富右衛門と会ったことがあった。一月《ひとつき》くらい前のことだ。高岡藩関わりの〆粕を卸す相手として、顔合わせを行ったのである。

「そうか。あの者は、亡くなったのか」

その顔を、頭に浮かべた。そこへ井尻が、口を出した。

「すると当家への払いはどうなるのか」

富右衛門の死は心痛むものだが、井尻にとっては、藩に入るはずの金子のことが何よりも気になるらしかった。

二十両近い実入りとなる。それが入らないのは、藩財政に響く。

「今は払えませんが、宮津屋の屋台骨はしっかりしております。鰯不漁の折にも、うまく仕入れ、かえって儲けました」

「やり手だな」

「四百二十両は痛手でしょうが、これから何とか用意をすると番頭が話しておりました」

「これからでは困るぞ。今日入らねば」

井尻が、唾《つば》を飛ばして言った。藩の勘定の責任者としては、宮津屋の今後は頭にないらしい。

「それでございますが、金子については松岸屋がお立て替えをいたします」

蔦造は、なだめるように言った。高岡藩の財政事情を分かっている。

「そうか、ならばよいが」

井尻の表情が柔らかくなった。藩の出納《すいとう》には、ことさら細かい。融通は利かないが、銭箱の番人としては優秀だ。

「しかし災難に遭ったのう」

井尻が、ようやく宮津屋を慮《おもんぱか》る言葉を発した。

蔦造が引き上げたところで、正紀の気持ちは正国の病状へ戻った。発作が治まったとはいっても、油断はできない。

宮津屋も不憫《ふびん》で賊には怒りがあるが、今は正国の命と藩の今後が気になった。

夕方になって、正国が目を覚ました。そこで正紀は、佐名木と共に正国の枕元に呼ばれた。

「無念じゃが、わしも病には勝てぬ。当主の座を譲りたいと思う」

正国は苦し気な表情で言った。紫色になった唇の端が、歪んでいる。

「はは。見事な治世にございました」

聞いて驚きはなかった。正紀はねぎらいの言葉をかけた。佐名木も頷いている。

「公儀に許しを得なくてはならぬし、親戚筋にも伝えねばならぬ。正式には、三月の初めの頃となろう」

親戚とは、尾張藩や本家の浜松藩のことだ。井上家には、高岡藩の他にもう一家分家がある。常陸下妻藩《ひたちしもつま》一万石の井上家だ。

「その方《ほう》は、次の当主となる。しっかりやれ」

正国は正紀に目を向けて言った。そのときだけ、声に力がこもった。

「ははっ」

正紀は、両手をついて頭を下げた。

「その方ならば、高岡藩を盛り立ててゆくであろう」

言われて腹の底が熱くなった。

「ただ、足をすくわれぬようになさねばならぬ」

「………」

一瞬何を言うのかと考えたが、すぐに思い当たった。返事をしようとしたが、正国は顔を歪めた。わずかに言葉を発しただけでも、正国は疲れたらしかった。

病間を出て、正紀は佐名木と話をした。

「足をすくわれるとは、穏やかではない。それは次の高岡藩主におれではなく、他の者を推す動きがあるわけだな」

予想はついた。婿に入るときも、反対する勢力があった。

「そういうことでございましょう」

佐名木は苦々しい顔になって頷いた。

「本家だな」

浜松藩の一部に、反正紀派の家臣がいる。分家の下妻藩の中にもだ。

「それだけならばいいのですが」

「反尾張派の閣老だな」

高岡藩井上家は尾張の一門として、老中松平定信のもとから離れた。根に持つ者はいるだろう。

「まだ他にも」

「うむ、どこだ」

「家中にも」

佐名木の言葉に驚いたが、すぐにそうかもしれないと正紀は思った。前の国家老園《その》田《だ》頼母《たのも》は、正紀の婿入りに反対をしていた。

今は正紀の働きで、高岡藩の財政も落ち着く気配を見せていた。だからあからさまに口に出す者はいないが、尾張の傘下にあることを面白く思わない者はいるはずだった。

「そうかもしれぬ」

何事もないとは、言いきれない。藩内にも火種があった。

第一章　藩主隠居

一

山野辺と同心は、宮津屋で傷を負わなかった者から話を聞いてゆく。

女房は襲撃時に夫と同じ部屋にいて、惨状を目の当たりにした。激しく泣き、後に呆然として、それからまた肩を震わせて泣いた。

話を聞ける状態ではなかった。

まず跡取りの二十一歳の富作《とみさく》、そして五十一歳だという番頭の弐兵衛と向かい合った。富作は、二階で寝ていた。騒ぎに気づいて二階から駆け下りたときには、用心棒も富右衛門も倒れていた。

「目に見えた賊は、二人でした。皆黒っぽい身なりで、顔に布を巻いていました。手には長脇差や匕首を持っていて……。すでに三人が倒れていて、濃い血のにおいがしました」

そう分かったとたん、体が震えて声も出なかったそうな。倒れているのが誰か、見極めることもおぼつかない。河崎は、寝ずの番をしていたので行燈は灯したままだった。襖が開いて、その光が廊下に漏れ出ていたとか。

「賊が三人だと気がついたのは、一人の賊が、倒れている賊を担《かつ》ぎ上げようとしたからです」

「連れ去ろうとしたわけだな」

同心が問いかけをした。

「そうです。一人が何か叫んでいましたが、聞き取れませんでした」

「まだ生きていたのか」

「分かりません。ただ揺すっても、身動きしませんでした。そこで、呼子《よぶこ》の笛が鳴りました」

傍にいたもう一人の賊が、声をかけた。こちらが、金箱を抱えていた。

「あきらめろ」

とでも言ったらしかった。体を担《にな》おうとしていた賊は手を離して、二人は店の土間を経て通りへ飛び出した。

次は番頭の弐兵衛に訊く。

日頃弐兵衛は、店の近くのしもた屋で女房と暮らしていて、店へは通いだった。しかしこの日は店に大金があったので、念のために泊まっていた。河崎の隣の部屋だった。

「戸板が外されたのが分かりました。気づいた手代が飛び出して、それがまず、刺されました」

その場面を思い出したのか、顔を歪めた。押し込んで来たのは三人で、叫ぼうとしたが驚愕《きょうがく》と恐怖で声が出なかったとか。

「廊下に入った賊たちは、迷わず主人の部屋へ向かったのか。誰かに案内をさせたのか」

この同心の問いかけは、重要だ。建物の造りを知らなければ、主人の部屋は分からない。

「誰にも、案内をさせませんでした。すぐに河崎様が出てきて、刀を抜きました。それから……」

しばらく思い出すふうを見せてから弐兵衛は続けた。

「一人は旦那様の部屋へ向かい、河崎様には、二人が襲いかかったように感じました」

「うむ」

聞いた同心と山野辺は、顔を見合わせた。賊たちは、富右衛門の寝室と金箱のありかを知っていたことになる。さらに用心棒の存在も分かっていて、二人がかりで襲った気配も感じられたからだ。

斬られた賊は肩から袈裟《けさ》に、一刀のもとにやられていた。見事な斬り口だった。河崎の腕のよさが分かる。賊は結果として一人を斬られたが、警戒をしていたことは窺えた。

「あらかじめ調べた上で、押し込んでいると見るべきだな」

山野辺は呟《つぶや》いた。弐兵衛の証言は、参考になった。

用心棒河崎は脇腹に加え、心の臓と肩の計三か所を刺されていた。

「これは、刺すことだけが目当てではないですね」

「うむ。押し込みの犯行としては、珍しいぞ」

同心の言葉に、山野辺が応じた。

盗賊は金を奪うことが目的で、人を殺すのは、犯行や逃走の邪魔をしたとか、顔を見られたなどの場合がほとんどだ。最初に出てきた手代も傷つけはしたが、止めは刺していない。

しかし河崎に対しては、明らかな殺意が感じられた。単に止めを刺したというよりも、怒りが込められてのものと推量できた。

「仲間を殺されたからでしょうか」

「そうかもしれぬ。傷ついた仲間を抱えて逃げようとした。その時点での生死は不明だが、あの斬り傷では誰が見ても助からぬと思うだろう」

もう一人の賊があきらめろと告げたのは、当然だ。賊は仲間の遺体を持ち帰りたかったが、呼子の音を聞いて追っ手が来ることを踏まえ、置いて逃げたことになる。

「よほどの仲だったようですな」

「普通ならば、迷わず置いて逃げるであろうからな」

さらに殺害の場面を見ていた手代がいた。異変を察して廊下に飛び出したが、腰を抜かして動けなかった。聞き取れたことは、富作や弐兵衛の供述とほぼ同じようなものだった。

ただ賊の一人が河崎に斬られた折のことを覚えていた。

「賊が斬られたとき、もう一人の賊は何か叫んで、用心棒に突きかかりました。声は悲鳴のようにも聞こえました」

「何を叫んだのか」

「聞き取れませんでしたが、一度刺してからも、怒り狂いながら二度刺し直しました」

さらに小僧たちにも問いかけをしたが、小僧たちは怯えて部屋から外には出なかったという。

そして同心と山野辺は、奉公人たちに死んだ賊の顔と般若の彫り物を見させた。恐怖で顔を強張《こわば》らせたり怯えて震えたりする者もいたが、これは欠かせないことだった。

「顔と般若の彫り物に、見覚えはないか」

と問いかけたが、返事をした者はいなかった。

「ではこの数日で、店を探る不審な者はいなかったか」

「怪しげな人はそれなりにはいますが、それはいつものことで」

手代の一人が答えた。やくざ者や無宿人など数えたらきりがない。数日前の河岸道で、相撲取り崩れの破落戸《ごろつき》が、大暴れをしたことがあった。そのときは河崎が出て、騒動を治めた。

相手が巨漢でも、河崎は手もなく押さえつけたとか。

奉公人たちから一通り聞いたところで、山野辺と同心は、再び富作と弐兵衛から商いの事情を聞くことにした。

「店には師走《しわす》の二十七日、二十八日で、三百両ほどの集金があり、貯えの金と合わせて四百二十両がありました」

大晦日の二十九日には、すべて支払いに使われる金だった。

「ならば今夜襲ったのでは、金は奪えなかったわけだな」

それなりの入金はあっても、四百両を超すなどはめったにない。

「そういう金の流れは、店の者は皆知っていたな」

「はい」

ただ手代以上でないと、入金の総額がどれほどになるかは分からない。

「同業で付き合いの長い人ならば、仕入れのほう、卸のほう、それぞれどれぐらいの額か、おおよその見当をつけることはできると存じます」

弐兵衛が言った。長年の勘といったものか。

「なるほど」

そもそも大晦日とその前数日は、どこの商家でも金が大きく動く。宮津屋について調べた形跡があるにしても、賊の特定はしにくかった。

「同業から、恨まれるようなことはなかったか」

「商いでございますので、客を取ったり取られたりはありますが、盗賊を使って襲わせるほどの恨みは買ってないと思いますが」

弐兵衛が言うと、富作も頷いた。

賊は三人組で、歯向かった者は平気で殺す。そのへんの小悪党とは、桁が違った。

「三人組の賊が、二年か三年ごとに二、三軒ずつ、商家に押し込んで多額の金を奪ったという記録があります」

同心が言った。定町廻り同心は山野辺よりも一回り以上年上なので、覚えていたらしい。同じ賊かどうかは分からないが、その三人組は、盗むにあたって人も殺していた。

「捕らえられてはいないな。賊の目当ては、ついているのか」

「ついているという話は聞きません」

土地の岡っ引きが、近所の聞き込みをしてきた。参考になる証言が、一つだけあった。

「騒ぎの直後、隣家の小僧が船着場から小舟で逃げる二人の賊を見たそうです」

岡っ引きは、十五、六歳くらいの小僧を連れてきた。

隣家の小僧が厠《かわや》に立った際に騒ぎに気づいて、何事かと思い覗きに出たらしい。河岸の道に出たところで、二人の賊が宮津屋から出てきたのである。

「店から出てきたら、船着場へ駆け下りました」

迷う様子はなかったという。すでに舟の用意はしてあったらしい。

「舟は、どちらへ向かったのか」

「大川の方へ進んでいきました」

夜中に大川へ出られたら、捜しようがない。

山野辺は奉行所関わりの絵師を呼んで、死んだ賊の似顔絵と般若の彫り物の絵を描かせた。絵師の腕はよくて、似ているものができた。

日本橋袂の広場へ行って、何人かのやくざ者ふうに彫り物の絵を見せた。日は落ちていたが、大晦日なので町に人の姿は少なからずあった。

「これを彫った、二十代後半の男を知らないか」

「さあ」

首を傾げる者ばかりだった。般若の彫り物はあっても、同じ絵柄とは限らない。

「あっしも彫ってますぜ」

露店で暦を売っている親仁《おやじ》だった。顔は似ていない。確かに胸に般若の彫り物をしていたが、絵とはまったく違う面相だった。

永久島を受け持つ定町廻り同心は、他に面倒な事件を抱えていた。山野辺は高積見廻りではあるが、事件の探索を押しつけられることになった。

二

元日、江戸城中では新年の賀が行われる。

初登城は、元日から三日までの間に、身分や格式によって、日を分けて行われた。元日の登城参賀は御三家御三卿《ごさんきょう》、親藩や譜代の大名、前田《まえだ》家や藤堂《とうどう》家など特別待遇の外様大名、高家《こうけ》や旗本の諸役人となる。

官位に応じた装束を身に着けて、格式によって御座の間や白書院《しろしょいん》、大広間で将軍に拝謁《はいえつ》し祝詞《しゅくし》を言上する。その後祝儀の御酒《ごしゅ》と吉例の兎の吸い物による饗応《きょうおう》があって、呉服の下賜《かし》を受けた。

将軍と大名の間を取り持つのが奏者番の役目だったから、一昨年は正国も、大晦日から城に詰めていた。多忙の三が日を過ごしたのである。

けれども奏者番を退いてからは、様相が変わった。しかも今年にいたっては、正国は起き上がれない。

病のために登城できないことは、昨日のうちに佐名木と江戸留守居役《るすいやく》が江戸城内へ届けに行った。尾張藩にも伝えて、そちらからも幕閣へ話を入れてもらった。

何かあれば、一門は支援を行った。

「今年は、簡略といたしましょう」

佐名木が言い、井尻も賛同した。正紀にしても異存はない。例年高岡藩邸内でも新年の賀が行われるが、正国の容態を考えるとそれどころではなかった。

江戸の家臣を広間に集め、正紀が形ばかりの賀詞《がし》を述べて餅を配った。それだけだ。餅の手配は、すでにしていた。

「早いご快癒《かいゆ》を願うばかりだ」

家臣たちは沈痛の面持ちだ。

「しかし当家には、正紀様がおいでになる。安泰だ」

次期藩主としての正紀に、期待する声は大きかった。高岡藩江戸屋敷の新年の賀は、慎ましい形で済まされた。

和と京は、正国の傍にいる。発作の兆候はないが、一息つける状態ではなかった。

姫様育ちの和ではあるが、正国の身を案じていた。

出入りの商人《あきんど》の挨拶は、二日以降に井尻が受ける。

「けしからん」

怒っているのは、徒士頭の青山太平だった。正紀の御座所でのことだ。部屋には佐名木源之助《げんのすけ》と植村仁助《うえむらにすけ》もいた。

青山は正紀と共に、下り塩や薄口醤油《うすくちしょうゆ》の輸送などで力を尽くしてきた者だ。高岡河岸に新たな納屋を建てる場面でも、頼りになった。

「いったいどうしたのか」

正紀が訊くと、青山は不満気に口にした。

「侍所《さむらいどころ》で、次の当主が誰かという話をしていました」

青山が部屋へ入ると、話をやめた。

「なるほど。けしからんですね」

聞いた源之助も腹を立てた。植村も頷いている。

源之助は高岡藩江戸家老佐名木源三郎の嫡男で、まだ部屋住《へやず》みだが、正紀付きの家臣として近侍していた。植村は元今尾藩士で、正紀の婿入りと共に高岡藩に移ってきた。巨漢で膂力《りょりょく》の持ち主だが、剣の方はまるで駄目だった。

「誰かではなく、もう決まっていることでござる」

植村が口にした。

公儀への、世子《せいし》としての届け出は済んでいるが、新藩主が本家浜松藩の関わりから入るのではないかと、家中で囁《ささや》かれているのは確かだった。

しばらくは極めて少なかったが、代替わりとなると、その話がぶり返されるようだ。高岡藩は二代にわたって尾張一門から婿が入っていた。本家を含めた井上家譜代の家臣の中には、面白くない者もいるのは確かだ。一万石の小所帯でも、一枚岩とは言えない。

正国の容態については、国許《くにもと》の家老児島丙左衛門《こじまへいざえもん》にも一報を送った。

そして正紀は、佐名木と共に虎御門《とらごもん》内にある井上家本家の浜松藩上屋敷へ赴いた。正国の名代として、浜松藩井上家の新年の賀に顔を出さなくてはならなかった。

宗家当主正甫《まさもと》に挨拶をする。正甫は九歳で家督を継ぎ、今は十四歳で顔にはまだ幼《おさな》さが残っていた。

挨拶の場に同席していたのは、江戸家老浦川文太夫《うらかわぶんだゆう》と分家下妻藩の隠居井上正棠《まさき》だった。

浦川は江戸家老という立場から幼君正甫の後見役を務め、藩内で発言力を高めてきていた。藩内では、表向き逆らえる者はいない。あからさまに口にする者はいないが、反尾張派の急先鋒と目されていた。三十八歳で、正紀が高岡藩に婿入りするときには反対した一人だと聞いていた。

井上正棠は、高岡藩と同様に浜松藩の分家である常陸下妻藩一万石井上家の先の当主で、今は隠居の身の上だった。下妻藩主は、長子の正広《まさひろ》が継いでいる。井上家一門の菩提寺《ぼだいじ》である丸山浄心寺《まるやまじょうしんじ》の本堂改築にあたって不正を働き、まだ三十代後半の歳でありながら隠居を余儀なくされた。

本堂改築の折普請《ふしん》奉行だった正紀と正広には、失脚の原因となった相手として、恨みを持っているはずだ。

正広と正棠は実の親子ながら、もともと不仲だった。正棠は、正広の母を愛していなかった。

「年の終わりに、さぞかしご心労でございましたろう」

「何事もなく発作が治まって、何よりのことでござった」

浦川と正棠は、神妙な面持ちで言った。ただやや大仰《おおぎょう》にも聞こえた。正国の病については、すでに伝えてあった。

「大事にいたせ」

挨拶を受けた正甫は、気持ちのこもらない声で言った。浦川と正棠は、何度も頷いた。

三人は表向き好意的に振る舞うが、眼差しは冷ややかだった。幼君の正甫は、浦川の言葉をそのままに聞く。

正紀は、新年の賀詞を述べると共に、正国の病状について改めて伝えた。後で聞いていなかったとは言わせない。

「それはいけませぬな」

「つい先日もあった。案じられることでござる」

浦川と正棠は目を見合わせた上で、神妙な口ぶりで言った。

「ついては、そろそろご隠居をとお考えのご様子で」

ここで佐名木が言った。これは正式に伝えたわけではないが、事前に耳打ちをしたという意味があった。

高岡藩井上家は尾張一門と見られているが、井上家の分家であるのは確かだ。井上家一門の面々には、代替わりをいきなり伝えることはできない。

「残念だが、お体が不調なれば致し方ござらぬな」

「いかにも」

浦川の言葉に正棠が続けた。正国の体調不良は今始まったことではないから、驚きは窺えない。いつ代替わりの話が出るか、待っていた気配すらあった。

いよいよ代替わりが明らかになったという感慨は、思いに違いがあっても、一同にあったはずだ。

「そうなると、正紀殿の治世になりますな。それはそれで、めでたいことでござる」

「存分に、お力を発揮なされることでござろう」

浦川と正棠は、大袈裟《おおげさ》だと感じるくらいの言い方だった。

「いやいや。非力でございますゆえ、お力添えをいただきたく存じます」

一応そう返した。

「高岡藩としては、新藩主は慶事でもござる。盛大にお祝いをされるのでござろう」

「いかにも。藩の内証《ないしょう》も好転しているとのことでござるからな」

「楽しみでござる。高岡藩の存在を、示すよい機会でもある」

浦川と正棠は、煽《あお》るような言い方をした。

「いやいや、そのようなことは」

藩主交代を盛大に祝うなど、頭にはまるでない。そもそものような費《つい》えが、どこから出てくるのか。

その後、別室にいた下妻藩主正広とも挨拶を交わした。正広は正紀よりも二つ年下だが、小野《おの》派一刀流の名手だ。先の将軍家治《いえはる》公の御前試合で正紀は対戦し、敗退した。見事な腕前だった。その遺恨はない。浄心寺改築の折には、共に普請奉行を務めた。

正広と正棠は実の父子だが不仲で、正紀の方が親しい。浄心寺本堂改築の折、正棠は正広にしくじらせて廃嫡させようとした過去があった。

「正国様のご容態は、案じられますな」

前の三人のような口先だけの言葉ではないのが感じられた。

「いよいよ、正紀様が藩政を担うことになりますね」

とも口にした。祝いの席のことなど口にもしなかった。ただ分家同士で力を合わせたいと告げてきた。そして声を落とした。

「近頃、正棠様はよくこちらへおいでのようです」

正棠は蟄居《ちっきょ》のような形で下屋敷暮らしとなった。初めの内はおとなしくしていたようだが、じっとしていられない質《たち》らしい。本家や分家の反正広や反尾張の家臣と、繋がりを持つようになった。

その動きは正広にも伝わるらしかった。

「何か、企みでもあるのでござろうか」

「油断はならぬと考えております」

正広は言った。正棠は次男の正建《まさのり》を、後釜に据えたいと企んでいる。下妻藩にも、波乱の種があった。だからこそ正広は、正紀と力を携《たずさ》えていきたいと漏らす。それは話の節々《ふしぶし》から感じられた。

「本家への出入りが多くなったのは、いつ頃からであろうか」

「そうですね。正国様が前の発作を起こされた頃からかと」

聞いた正紀は、佐名木と顔を見合わせた。本家への出入りは、下妻藩のことではなく、高岡藩に関わることではないかと察したからだ。

「何をしでかしてくるのか、注意が肝要でございましょう」

佐名木が言った。

三

浜松藩邸を出た正紀は、佐名木と別れて市《いち》ヶ谷《や》の尾張藩上屋敷へ赴いた。

尾張徳川家の上屋敷は、敷地が七万五千坪余りあって、壮麗な長屋門となっている。

この日は表門が開かれて、一門だけでなく、尾張に近い参賀の大名や旗本が姿を見せていた。

　母屋内に入った正紀は、顔が映るくらいに磨き抜かれた廊下を歩いて行く。すると向こうからやって来た二万三千石の大名が、正紀の傍へ寄ってきた。

「本年も、なにとぞよしなに」

　頭を下げた。

「いやいや、こちらこそ」

　正紀も頭を下げた。相手は一門ではないが、尾張に近い大名である。差し障りのない短い言葉を交わして別れた。

　正紀は公式には一万石大名の世子でしかないが、尾張徳川家八代藩主宗勝の孫である。現当主宗睦を伯父に持つ身の上だ。一門内では低い身分ではない。実兄の睦群《むつむら》は、尾張徳川家の付家老《つけがろう》という身分にある。これも大きかった。

　廊下で一万石台の小大名や旗本とすれ違うときは、相手の方が脇に寄った。

　正紀は、宗睦と兄の睦群に会って新年の挨拶をした。正国に代わって、という意味もあった。

「また発作とは驚いた。ようなっていると思うておったからな」

「ははっ」

宗睦は、兄として正国の身を案じていた。昨日のうちに文で伝えてはいたが、正紀は正国の容態について改めて伝えた。また隠居を考えている旨も言い添えた。

「そうか。惜しいな」

宗睦の本音だ。肩を落とした。そういう姿を見せるのは珍しい。

快復を望めない状況を悲しむと共に、才能ありながら政治の表舞台から去らねばならない弟を憐れんでいた。自身も無念な気持ちがあるのだろう。とはいえ、隠居に反対はしなかった。

「定信が去った後には再度奏者番に就き、大坂城代か京都所司代あたりを経させて、老中へとも考えたが」

と具体的なことを漏らした。健康ならば、正国はその役目をこなしただろう。

「隠居の後は、養生していただこうと存じます」

「そうだな。孝行をいたせ」

「その所存で」

「正国が果たせなかった夢を、果たすがよい」

「………」

言葉に詰まった。「正国の夢」というものを、正紀は考えたことがなかった。何かと考えていると、宗睦はその疑問を察したらしかった。

「高岡藩を、尾張一門と共に栄えさせることじゃ」

「なるほど」

それならば得心がいった。尾張宗家に生まれながら、一万石の小大名の家に婿入りした。それで終わっていいとは、思っていなかったに違いない。

藩財政の逼迫《ひっぱく》で、藩士も領民も疲弊していた。これに天明《てんめい》の飢饉《ききん》が追い打ちをかけた。

藩士からは、二割の禄米の借り上げが続いている。灌漑《かんがい》施設や利根川の護岸の整備などを進めれば、水による被害を食い止められ、農家の暮らしも楽になる。しかしそれは、まだ充分にはできていない。

かつて藩では、利根川の護岸のための杭二千本すら用意することができなかった。正紀が婿入りする際の出来事だが、そのとき手助けをしてくれたのが宗睦だった。

正国は、出世し加増を得ることで、藩財政を潤《うるお》そうとしている節があった。明確に言葉では聞いていないが、正紀は感じていた。ただそれは、藩財政を豊かにし、藩士領民に還元したい気持ちは同じでも、正紀が目指すものとはやや違っている。

正紀は、灌漑施設などの拡充はもちろんだが、高岡河岸の充実や〆粕の売買など、広い範囲で高岡藩が米だけでない実入りを得ることを目指していた。手立ては異なるが、高岡藩を盛り立てたい気持ちは変わらない。

また己が尾張の一門であることにも不満はなかった。少なくない場面で助けられている。その血の繋がりは大事にしたい。

「次は、その方が高岡藩を担うことになる」

「ははっ」

「ただな、気をつけねばならぬ」

そう言って、宗睦はため息をついた。

「何を、気をつけるのか」

と胸の内で自問する正紀。そこでこれまで黙っていた睦群が口を開いた。

「高岡藩の次の藩主が、その方になるとは限らぬという話だ」

「ううむ」

驚きはしなかった。浜松藩本家を中心に、井上家に縁の深い者を推したいとする一派があるのは分かっていた。

頭に浮かんだのは、先ほどの浜松藩邸で正甫らと対面したときの場面だった。正甫と浦川、正棠の三人は、調子よく代替わりの祝いの宴《うたげ》を話題にした。盛大にと口では言ったが、気持ちはまったくこもっていなかった。そんな費用も、高岡藩にはない。それを分かっていての言葉だ。

今思えば、茶化されたようにも感じる。腹で何を企んでいるかは、知れたものではなかった。

今頃は三人で、その打ち合わせをしているのかもしれない。

世子から当主にならなければ、正紀は廃嫡となり、高岡藩で働く機会は失われる。ここまで精いっぱいやってきたが、まだ道半ばだという気持ちは大きかった。その場を奪われるのは本意ではない。

「いったい、どのような障壁がありましょうや」

宗睦が気をつけろと言うわけを、聞いておきたかった。浜松藩や下妻藩の動きだけではないかもしれない。婿入りをするときには、高岡藩内にも反対する者があった。すでに失脚した当時の国家老園田頼母は、その中心人物だった。

しかし宗睦の返答は、思いがけなかった。

「老中どもに、動きがある」

「それは」

魂消《たまげ》た。幕閣の上層部が、高岡藩の跡取り問題にどう絡むのか。高岡藩が、高須《たかす》藩や今尾藩に次ぐ尾張一門の中核に近い藩であることは、誰もが認めるところだ。

尾張一門は定信を見限った。となると他の幕閣は、定信についた。その者たちが動くのか。

ただ旗色《きしょく》を明らかにしない者もあった。三河吉田《みかわよしだ》藩七万石の松平信明《のぶあきら》は、表向きは定信派だが本心は分からない。今は風向きを見ているところだとも感じた。

「どのような動きで」

我が身に関わりがあるならば、聞いておきたかった。

「近頃、にわかに定信に近づき始めた者がいる」

「ご老中の中にですね」

「そうだ」

尾張一門だけでなく、定信から離れた勢力はある。しかし公儀の政《まつりごと》において、実権を握っているのは定信に違いなかった。近くにいれば、受ける利益も大きい。

「どなたで」

正紀は声を落とした。これは秘事で、三人だけの場だから宗睦は話題にした。

「大給《おぎゅう》だ」

口にしたのは睦群だ。宗睦が言葉にするのを、憚《はばか》り多いとしたのである。

「それは」

一呼吸するくらいの間、正紀は頭の中で何人かの人物を思い描いた。そして一人の顔に定めて頭に浮かべた。何かの折に、尾張屋敷で顔を合わせたことがある。

十八松平家の一つ大給松平家宗家十二代当主、松平乗完《のりさだ》をさしていると気がついた。老中であり三河西尾《にしお》藩六万石の当主でもあった。名門ということもあって、広い人脈と発言権を持っている。

「あやつは、わしや水戸《みと》の推挙で老中の職に就いたのだが」

宗睦は苦い顔をした。

「何をするのでしょう」

正紀は、睦群に顔を向けた。

「分からぬ。しかしな、尾張一門からその方や高岡藩が消えれば、向こうは都合がよかろう」

「………」

「その方は使える。将来大きな敵となるならば、今のうちに芽を摘んでおきたいと考えるのではないか」

「さようで」

自分がどの程度に使えるか、正紀には分からない。ただ己が置かれている状況は考えた。一万石の世子も、政争の中にいる。

四

高岡藩上屋敷に戻った正紀は、佐名木に宗睦らとした話を伝えた。反正紀の勢力は、浜松藩や下妻藩といった井上の本家と分家だけかと思ったが、他にもあると知った。その相手は、井上一門よりも力を持っている。

正紀には衝撃だった。

「正国様の隠居に絡めて、正紀様の廃嫡をなせば、尾張一門の力を削ぐことになりましょうからな」

話を聞き終えた佐名木はそう返した。正国の隠居は、思いがけない大嵐を高岡藩にもたらすかもしれない。

「定信様や乗完様が、指図《さしず》をなさるのであろうか」

「それはないでしょう。仮にもご老中様でございますゆえ」

「配下が忖度《そんたく》をして、何かを仕掛けてくるわけだな」

「気をつけるのは、そこでございましょう」

とはいっても、何ができるわけでもない。宗睦にしても、そのような気配があると告げただけで、具体的な動きを摑んでいるわけではなさそうだった。

深川南六間堀《ふかがわみなみろつけんぼり》町の干鰯〆粕魚油問屋の松岸屋を通して、高岡藩先代藩主の正森にも正国の容態を知らせることにした。正森と正国の関係は良好ではないが、伝えなくてはならない。

正森は三十一年前の宝暦《ほうれき》十年（一七六〇）に、五十一歳で隠居し、尾張藩から婿に入った正国に家督を譲った。その後は病として、公儀には国許の高岡で養生をすると届けて許されていた。

しかし正森は極めつけに元気で、高岡に留まっている者ではなかった。公儀には内緒で高岡から飛び出し、銚子で〆粕と魚油を作り近隣や江戸で売る松岸屋と縁を持ち、実質的な主となった。

正森が壮健でありながら五十一歳で隠居をしたのは、尾張からの藩政への口出しを嫌がったからだといわれている。

「わしは尾張が嫌いじゃ」

と公言して憚らない。しかしそれで、正森の奔放な暮らしが許されるわけではなかった。公儀に知られれば、極めて面倒なことになる。正紀はその危機を救って、正森を守った。

傲慢な態度を取り続けてはいるが、正紀には心を許しているかに見えた。高岡藩が〆粕商いに関わり利を得られるのは、正森の配慮があるからに他ならない。

正国が隠居の意志を固めたことも、文にしたためた。

正森にだけでなく、国許高岡の陣屋にも、佐名木が詳細を記した書状を送った。

「これで伝えるべきところへは、知らせを送ったな」

大事なことだ。その後で正紀は正国を見舞い、浜松藩邸と尾張屋敷に出向いた様子を伝えた。

「宗睦様は、お体を大事になさるようにとの仰《おお》せでございました」

「そうか。心労をかけるな」

寂しそうだった。ここでは、政争に繋がる話はしない。正国の心の臓の発作の兆候は治まったが、油断はできない。一月《ひとつき》足らずの間にあった二度の発作で、すっかり体に自信を無くしたと察せられた。

病間に長居はせず、正紀は京の部屋へ行った。

二人で、まず正国の病状について話をした。京は和と交代で、正国の傍《かたわ》らにつく。

「相当な痛みがあったはずだと、医者は申しました」

「お辛かったであろう」

和も京も、正月気分は味わっていない。

「正国様は、何か召し上がられたか」

「重湯《おもゆ》を一匙《ひとさじ》だけ」

「治すためには、体に力がなくてはならぬ」

これからも、発作があると察していた。体の負担は大きかろうから、食事は大切だ。

「滋養のあるものを、混ぜましょう」

高価だが、高麗人参《こうらいにんじん》の用意もしたとか。

「お苦しみの中でも、正紀さまが跡を継げるようにと案じておいででした」

京が言った。留守の間に、そういうことを漏らしたらしい。

「うむ」

正国は苦痛の中でも、代替わりのことを気にしていた。

「そうお考えになる、何かわけがあるのかもしれませぬ」

京には何も話していないが、敏感だ。何かを察したに違いない。そこで正紀は、京に浜松藩と尾張藩の屋敷で交わした話の詳細を伝えた。

「乗完さまは、宗睦さまの意に沿わぬ施策も進めておいでなのでしょうね。宗睦さまは、たびたびご不満をお持ちになっていた」

「そうだな」

これまで正国は、体調がいい折には尾張屋敷に出向いていた。尾張屋敷には、最新の各藩の動静が伝えられてくる。それらを耳に入れて、正国は高岡藩への不穏《ふおん》な動きを感じたのかもしれなかった。

「何をしてくるか」

「あからさまなことは、なさらないでしょうが」

「防ぐ手はあるか」

「こちらには、尾張がついておりまする。それでも、こちらがどうすることもできないほどの手を打ってくるのでございましょう」

嫌な見込みだが、そうなるだろうと思われた。

元日は、正紀にとって長い一日となった。その後、孝《こう》姫と遊んだ。京が常と違うので、よく泣いたらしい。

「とう」

「よしよし」

両手で体を持ち上げ、「高い高い」をしてやる。孝姫はこれが大好きで機嫌を直す。さらに正紀は、でんでん太鼓《だいこ》であやしながら、頰ずりをしてやった。

五

元日、山野辺は屠蘇《とそ》で新年を祝ってから、八丁堀《はっちょうぼり》の屋敷を出た。正月だからといって、家でのんびりはできない。今は高積見廻りだけでなく、箱崎町であった盗賊の探索まで押しつけられていた。

「仕方がないですね」

妻の綾芽《あやめ》はあきらめていた。

「ごめんくださいまし。新しい年、おめでたく存じます」

来客があった。

町奉行所の与力同心は、町の者の新年の挨拶を受ける。それぞれ酒や味噌《みそ》醬油、木綿や絹物、油や蠟燭《ろうそく》など暮らしに必要なものを持参してきた。

「気持ちばかりの品でございます」

表通りの商家では、同心や与力から様々な便宜を図ってもらいたいからだ。極端に高価なものは賄賂《わいろ》となるので断るが、通常の儀礼とされるものは受け取った。

与力同心という役目は、町奉行所にあるだけではない。様々な部署にあるが、町奉行所の与力同心は他と比べてはるかに内証は豊かだった。

山野辺家でも、味噌醬油、酒や砂糖などの食品、蠟燭や木綿、足袋《たび》などといった品は買ったことがなかった。足袋商いの者は、山野辺家の家族の足の寸法を知っていた。

その進物を受け取るのは、妻女の役目である。正月の妻女は多忙だ。

山野辺は町へ出て、一回り廻る。さすがに元日は、荷の高積みはない。そこで宮津屋襲撃の探索を行うことにした。

三が日が過ぎ初荷が入り始めると、高積見廻りは忙しくなる。その前にできる調べをしておこうという腹だ。

賊が何者か、まずはそこから始めなくてはならない。手掛かりは、斬られた賊の胸にあった般若の彫り物である。

昨日の大晦日は日本橋界隈で訊いたが、該当する者は浮かばなかった。そこで今日は、神田《かんだ》川河岸の八《や》つ小路《こうじ》へ行った。筋違《すじかい》御門の南側の火除け地で、江戸の盛り場の一つだ。

正月ということもあって、多くの屋台店や大道芸人が出ている。老若《ろうにやく》の晴れ着の人で賑わっていた。

晴れた空には、凧《たこ》が上がっている。娘たちの笑い声が聞こえた。

「似顔絵や彫り物の般若には、覚えがありやせんねえ」

そう告げる者がほとんどだが、たまに「ひょっとしてあいつじゃあ」と口にする者もいた。ただ生きている者では話にならなかった。顔や図柄が似ていても、歳が合わなければ、それも話にならない。

一刻半（三時間）ほどかけて訊き回り、次は両国広小路《りょうごくひろこうじ》へ足を向けた。

「正月から、死体の身元捜しですかい」

と憐れんでくる者もいた。

東両国へも行き、さらに浅草寺《せんそうじ》門前あたりにまで足を延ばした。それらしい者を耳にすることもあったが、いずれも目当ての者ではなかった。

そこで翌日は、彫り物師を当たることにした。町奉行所で、確認されている彫り物師の名と住まいを書き写した。他にもいるかもしれないが、それはとりあえず置いておく。

まず築地《つきじ》の彫り物師から当たった。三十代前半の、金壺眼《かなつぼまなこ》の男だ。二枚の絵を見せると即答した。

「見覚えないですね。この絵だけでは、誰が彫ったかなんて分かりやせん」

とやられた。そのまま芝《しば》へ足を向けた。

薩摩《さつま》屋敷裏手の芝六軒《しばろっけん》町のしもた屋だ。中年の彫り物師に、似顔絵と般若の彫り物の絵を見せた。調べの理由は伝えない。

「似たような顔は、見たかもしれねえが」

死に顔を写したものだから、はっきりしない。しかし彫り物の絵については、きっぱりと言った。

「これは、あっしが彫ったものじゃねえですよ」

断言した。

「あっしが彫る般若は、こうじゃねえ」

と続けて、下絵を見せてよこした。

「うむ」

比べてみたが、山野辺にはよく分からない。どちらも同じようだった。

「口の開き方や目のやりようが、違いますぜ。頰の線だって」

言われるとそうかもしれないという程度だ。

「では、この般若を彫りそうな者に覚えがあるか」

「そうですね」

しばらく考えてから、増上寺《ぞうじょう》裏手飯倉《いいぐら》町の彫り物師の名を挙げた。町奉行所で書き写してきた者の中に、その名はあった。

他を飛ばしてそちらへ行った。繁華な海側の芝の町と比べると、飯倉町は鄙《ひな》びて感じられる町並みだ。しかしこちらにも獅子舞の姿が見え、羽根つきをする子どもが声を上げていた。

顔を見せたのは、初老の小柄な彫り物師だ。正月だからか、酒のにおいがした。

「これは似ちゃあいるが、おれではねえ」

般若の絵を見せると言った。似顔絵も見せた。

「さあ、知らねえな」

彫り物師はひと目見て首を横に振る。

「この絵を彫った者として、思い当たる者はおらぬか」

ここでも前と同じことを訊いた。

「そうですねえ。ああ」

何か言おうとして、慌てて首を横に振った。目が泳いだのを、山野辺は見逃さない。

「分かりやせんねえ」

と返してきた。山野辺は嘘《うそ》だと察した。与力同心には教えられない者らしい。

「知っていて隠すと、後で困るのはその方だぞ」

脅した。彫り物師のもとに出入りするのは、やくざ者か破落戸といったところだ。

出入りした者を丹念に洗えば、凶状持《きようじようも》ちの一人や二人いるはずだった。

分かっていて彫ったら、悪党を逃がしたことになる。

「北から、目をつけられてえのか」

北町奉行所を敵に回すのか、という言い方だ。

「おまえが言ったとは、教えねえぞ」

脅した後で、次は優しい言い方にした。

「仕方がねえ」

彫り物師は、麻布竜土六本木町《あざぶりゆうどろつぽんぎ》の狛吉《こまきち》という者だと明かした。

「腕はいいんだが、やつは人を怪我させてしばらく江戸を出ていた」

「てめえが凶状を持った、無宿者というわけだな」

「そういうことで」

ならば町奉行所与力には話しにくいだろう。

ともあれ、竜土六本木町へ行った。大名屋敷や寺に囲まれた閑静な町である。人通りも少ない。

表は堅気の種苗《しゆびよう》屋だが、裏手に小屋のような離れがあって、そこが狛吉の住まいであり仕事場だった。破落戸ふうが五人、出入り口の前にいた。順番を待っているのではなく、仲間の作業が済むのを待っているらしかった。

建物の中に、人の気配がある。戸が開いていて、中で仕事をしている姿が見えた。狛吉は四十絡みで、細い鑿《のみ》のようなものを手にしていた。微かに、汗と墨のにおいがした。

「何でえ」

外にいた破落戸たちは、中に入ろうとする山野辺の前に立ちふさがった。彫り物をされている客の仲間らしかった。

破落戸たちは、腰に十手を差した侍を怖れていない。険悪な眼差しを向けている。

「狛吉に用がある」

山野辺は、男たちを無視して中に声をかけた。

「もう少しで終わるんだ。ががた言わずに待ちやがれ」

男たちはどかない。待ちくたびれているのかもしれないし、客が凶状持ちなのかもしれなかった。

「おれは、侍には用はねえ」

動かしている手を止めずに狛吉は言った。ちらと目を向けて、それからすぐに手を動かした。

「そういうことだ。帰りやがれ」

数を頼んで、強気に出ている。首を突き出した男の顔に、山野辺は拳を入れた。容赦はしなかった。

「うわっ」

男の顔が歪んで、鼻血を噴いた。山野辺は、血がかからないように横に跳んでいる。このあたりは慣れていた。

「この野郎」

匕首を抜いて、男が躍りかかってきた。手荒な対応にかっとなったらしかった。他の者も身構えている。山野辺を囲む形だ。

山野辺は前に出てきた男の足を払った。同時に匕首を握った手首と肩を摑んで引くと、相手の体がぐらついた。

それを他の男にぶつけた。

さらに動きを止めず、振り返って背後にいた男の鳩尾《みぞおち》を拳で突いた。その腹を蹴り上げると、男は尻餅《しりもち》をついた。

男たちは、歯向かう気力をなくした。

「くそっ」

客も一緒に破落戸どもはばらばらと逃げた。山野辺は残った狛吉の腕を摑んだ。

「正直に言えば、それでいい。おまえを見なかったことにする。しかし嘘を言ったら、おまえの右腕を、二度と動かせないようにするぞ」

腕を捩《ね》じり上げた。頷いたところで、二枚の絵を見せた。狛吉は、目を凝らした。

「知らねえ顔だ。絵もおれのと似ているが、違う」

嘘を言っている気配はなかった。他を当たるしかなかった。

六

三が日の間、高岡藩の家中は、正国の再発を怖れながら過ごした。快方に向かっているという話だが、正紀や重臣しか目通りができない状態だった。

正月四日、源之助は植村と共に浜松藩上屋敷に向かった。二月に高岡藩初代藩主政《まさ》重《しげ》の法事があり、佐名木からの打ち合わせの文を届け、返事をもらう役目だ。

すでに町は、正月気分が薄れている。商家は常の商いを始めていた。初荷の幟《のぼり》を立てた荷車が、すれ違って行った。

「早く、お元気な顔を見せていただきたいものです」

「まことに。代替わりがあっても、正紀様のお力になっていただきたいですな」

源之助の言葉に、植村が応じた。二人は歩きながら話をしている。

代替わりについての話は、公式には何もない。しかし家中では、既定のこととして受け取られていた。

二人は、次期藩主が正紀以外になるかもしれないとの話が出ることに不満を持っていた。特に植村は、正紀と共に今尾藩から移籍してきたので、その思いは強かった。

「ここへきて世子を変えるなど、よほどのことでなければできませぬ。ご公儀への変更の届《とどけ》もなさねばなりませぬ」

「まったくでござる。にもかかわらず、そのような話が出るのが腑に落ちませぬ。いったい何があったら、そのようなことになるのでしょうか」

「そうですね、何か大きなしくじりをしでかさないと」

「ふん、あるわけがない」

植村は吐き捨てるように言った。

浜松藩上屋敷に入ったところで、源之助や植村ら供の侍は正門に近い御長屋の一室で返事の文を待つ。これは他の訪問客の供侍も同じだ。ただ主の家格によって、また供の身分によって場所が変わる。

家臣やその家族が住まう御長屋とは別棟だ。

六万石の大名家ともなると、大所帯である。大名家の重臣とおぼしい客の供が他にもあった。部屋は別になっている。

待機していると、たまに話し声が聞こえてくる。厠に行った植村が戻って来て、源之助に言った。

「隣の供侍たちだが、我らよりも待遇がよいですぞ」

声には不満そうな響きがあった。士分の者だけだが、茶が振る舞われているらしい。戸が開いていて、中が見えたという。

「どこの御家でしょうか」

「おそらく大きな大名家でしょう」

茶はともかく、源之助も気になった。供侍にまで茶が振る舞われるのは珍しい。普通は、喉が渇いたら勝手に井戸で水を汲《く》んで飲む。そこで源之助は、御長屋から出て様子を窺うことにした。

戸は開いたままなので、それとなく覗いた。三十歳前後の侍だ。長身で、背筋をぴんと伸ばしていた。

浜松藩邸へはたびたび来ているが、見かけない顔だった。

他にも戸が開いたままになっているところがあるので、ついでにそちらの供侍の様子も窺った。見かけたその他の御家の供は、見覚えがあった。何度か見かけると、顔を覚えてしまう。

同じ分家の井上正棠の家臣の姿もあった。こちらには、茶の振る舞いはない。

「今日も来ているわけか」

源之助は呟いた。

隠居の正棠が、近頃たびたび顔を見せるようになったとは、正紀から聞いている。

「下妻のご隠居は、そのご大身のお客に会うのでしょうか」

部屋へ戻ったところで、植村に言ってみた。

「そうかもしれませぬな。何かの悪巧みでございましょう」

植村は、悪くしか取らない。

しばらくして、玄関先から声が聞こえてきた。客の引き上げで、待っていた隣室の家臣たちは部屋から出て行った。

「来客がどなたか、確かめてみましょう」

「いかにも」

その人物を怪しんだわけではないが、誰だか確かめたかった。供にまで茶が振る舞われるなど、よほどの賓客《ひんきゃく》だと思うからだ。

源之助と植村は、足音を立てず玄関の見えるあたりまで行って、物陰に隠れた。近くまでは寄れないが、顔が判別できる距離だった。

馬が引かれた。

「あれは」

源之助は声を出しそうになった。客は身なりのいい四十をやや過ぎた歳の侍だ。絹物を身に着けていて、大藩の重臣といった外見だ。

驚いたのは、式台まで正棠が見送りに来ていたことである。分家の小大名とはいえ、その隠居が、陪臣の見送りに出てきた。普通ならばありえない。

さらにその場には、浜松藩士ではない侍もいた。下妻藩の御蔵役の園田新兵衛《しんべえ》である。源之助とは同い年で、江戸で藩が関わる物品や穀物の用を行った。同じ井上一門なので、会えば挨拶はした。

源之助は、玄関式台の様子に目を凝らした。

正棠はにこやかな笑顔で何か言いながら、来客に頭を下げた。二十代後半とおぼしい家臣が、馬の轡《くつわ》を取っていた。家臣は見事な身ごなしで、なかなかの剣の遣い手だと思われた。

先ほど、御長屋で茶を振る舞われていた侍だ。

見送りを受けた侍は、馬に跨がった。

一同が引き上げたところで、源之助は顔見知りの浜松藩士に、来客が誰だったのか尋ねた。

「松平乗完様の御側用人《おそばようにん》で、加瀬晋左衛門《かせしんざえもん》殿でござる」

轡を取っていたのは、笠原欣吾《かさはらきんご》という馬廻り役だと知った。

「ご老中の家臣か」

少しばかり驚いた。

しばらくして、佐名木への返書を手渡された。屋敷に戻った源之助は、佐名木に返書を渡した後で問いかけた。

「父上は、松平乗完様のご家臣加瀬様をご存じでしょうか」

「会ったことはないが、名は耳にしたことがある」

なぜそのようなことを訊くのかという顔をした。源之助は、浜松藩上屋敷で見聞きしたことを伝えた。

「そうか」

聞いた佐名木は、しばらく考えるふうを見せたが、何かを言ったわけではなかった。

七

二日続けて、山野辺はご府内の彫り物師を当たった。しかし般若の面を、賊の体に残した者を捜し出すことはできなかった。

「見た者もいない、彫った者も見つからないということか」

ため息が出た。賊の身元を探る、他の手掛かりはなかった。

「でも公にしないで彫り物師をやっている者もいますぜ」

「まあ、そうかもしれぬが」

「それにね、いつ彫ったか知りませんが、その後で死んだ者だっているかもしれませんよ」

と告げた者もいた。そうなったらもう、捜す手立てはない。当たれるだけは、事件があった翌日から当たっていた。

「ならば他に、どういう探る手立てがあるのか」

と考えて、頭に浮かんだのは被害に遭った宮津屋の仕入れ先と卸先だった。入金問屋だから、商い高が多いのは小売りの卸先よりも仕入れ先だ。そこならば、入金の様子や店舗の様子も他の者より分かる。賊は、誰かに案内させることなく、主人富右衛門の部屋へ向かったと聞いていた。

「誰かが、内情を漏らしているのではないか」

そういう疑問が湧いた。そこで宮津屋へ足を向けた。

永久島にある商家も、商いを始めている。北新堀町の同業東雲屋では、荷船から魚油樽の荷下ろしが行われていた。

山野辺は、船着場の端で煙草《たばこ》を吹かしている隠居ふうに話しかけた。

「あの店は、繁盛しているようだな」

「ええ。でもここには、昔もう一軒干鰯や〆粕、魚油を商う大店がありましたよ」

と返された。房川《ふさかわ》屋といって繁盛した店だったが、十年以上前に潰れたそうな。何があったかは分からないが、宮津屋がそのようになっては不憫だと思った。宮津屋には、後ろ指をさされるようなことは何も窺えない。

三が日は喪に服するということで、店はまだ閉じたままだったが、跡取り富作と番頭の弐兵衛は店にいた。大きな被害を受けたが、落ち込んでばかりはいられない。四百二十両が奪われたので、金策に当たらなくてはならないと弐兵衛は言った。

「大口《おおぐち》の仕入れ先は、確かな額はともかく金が入ることは見当がついたでしょうし、家の間取りも分かると存じます」

富作は言った。顧客を奥の部屋へ招くのは珍しくない。そこでもてなすこともあるのだとか。

「関わる店で、大口はどこか」

「多いのは魚油と干鰯でございます。その次が〆粕で」

宮津屋は大店だ。年の商い高は、数千両に及ぶという。

「一番の店は」

「それは魚油商いの野尻《のじり》屋さんでは」

日本橋川南河岸、南茅場《みなみかやば》町にある大店だ。

「あそこの番頭さんならば、うちが扱う金子は見当をつけられると思いますし、間取りもご存じのはずです」

「そうか」

「ですがね、数百両の金子のために賊に余計なことを話すとは思えません。そういう人でもないと思います」

長い付き合いだとか。

「いかにもだが、何か手掛かりになりそうなことを手代や知り合いあたりに漏らして、それを聞いた者が賊に漏らすなどはないか」

「ないとは言えません。ただ野尻屋さんだけではないので、一軒一軒を当たることになりましょう」

骨惜しみをするつもりはないが、口で言うほど容易《たやす》い話ではない。漏らした者は、事件を知ったら、とことん隠そうとする。口先だけの言葉を信じていては、調べは空回りとなる。

そこで野尻屋とは別に、取引高の多い店を訊いた。

挙げられた問屋の中には、知っている店もあった。高積みで、よく悶着《もんちゃく》を起こす店も含まれていた。

「〆粕の仕入れでは、銚子の松岸屋さんがあります。店舗はありませんが、深川南六間堀町に分家があります」

「そうか」

聞いて驚いたが、考えてみればおかしなことではなかった。高岡藩が扱う〆粕は、松岸屋から買って卸していると聞いていた。

「〆粕は、うちでは魚油や干鰯に比べて仕入れ高は少ないですが、それでもそれなりの額になります」

「ならば、正紀も関わりがありそうだな」

呟きになった。山野辺は、正紀とは長い付き合いだった。共に神道無念流《しんとうむねん》戸賀崎《とがざき》道場で、剣の修行をした。身分と境遇は違うが、二人は対等の友人として「おれ」「おまえ」で付き合ってきた。

ともあれ山野辺は、富作や弐兵衛から聞いた魚油と干鰯を仕入れていた店に足を運ぶことにした。最初は南茅場町の野尻屋だ。銚子で魚油の製造と販売に当たる江戸店である。

間口は四間半（約八・一メートル）で、掃除が行き届いていた。客の出入りも多く、順調な商いをしている店に見えた。

「ええ、宮津屋さんの、大まかな商いの様子は見当がつきます。でもそれだけのことでございます。誰かに話すなど、ありません」

四百二十両のために、手が後ろに回るようなことをするなどありえないと若旦那から告げられた。むっとした顔で、問いかけられたこと自体が不快らしかった。

それは山野辺も、もっともだと察せられた。

「いや。念のために訊いておるのだ」

二軒目、三軒目も、同様の返答だった。

宮津屋で挙げられた仕入れ先は、本所《ほんじょ》深川を除いてすべて回ってしまった。けれどもこれといった手掛かりは得られなかった。

そこで各店の番頭や手代たちの動きを、土地の岡っ引きや手先に探らせた。しかし参考になりそうな手掛かりは得られなかった。網《あみ》は粗《あら》いが、今のところは致し方ない。

「ならばどうするか」

こうなると山野辺には、もう手のつけようがない。そこで頭に浮かんだのが、正紀の顔だった。

「あやつは、〆粕や銚子からの魚油にも詳しい」

何よりも松岸屋の商いに絡んでいる。知恵を借りようと考えた。

第二章　賊の正体

一

　正紀は、御座所に現れた佐名木と源之助から、浜松藩上屋敷において加瀬晋左衛門を井上正棠や園田新兵衛が見送った話を聞いた。

「園田ならばともかく、正棠様までとは、よほどのことだな」

　大給松平家の動きについては気になっていたから、聞き流すことはできなかった。佐名木も同じ考えで、伝えてきたのである。

　井上の本家と大給松平家は、無縁ではない。乗完の父乗佑《のりすけ》の養女が浜松藩先代藩主井上正定《まささだ》の正室だったという姻戚関係があった。何かの折には共闘しようという含みがあっての縁組だ。

とはいえこの数年、何かがあったわけではない。分家下妻藩との関わりもなかった。だからここへきての急接近には、驚きがあった。

「加瀬は、正棠様に会うために浜松藩邸を訪ねたのではなかろうな」

「正甫様及び浦川殿を訪ねたと存じます」

佐名木が応じた。当然だ、といった口調だ。

「六万石の大給松平一門の宗家、しかも老中を務める乗完様の側用人という立場だ。陪臣とはいえ、下妻藩一万石の隠居とは勢いが違う」

それを踏まえて、供侍にも茶を振る舞ったと推量できた。

「わざわざ玄関まで見送ったのは、よほどのことでございましょう」

「加瀬と浦川、正棠様が組んで、何か企んでいるわけか」

「ないとは言えませぬな」

佐名木が応じた。元日に宗睦が漏らした、松平乗完が反尾張として動いているという言葉を正紀は思い出した。

「大給松平が、改めて浜松藩に近づいた。面倒でございます」

佐名木は重い口調だった。

「加瀬が現れたことが、高岡藩とどう関わるかは分からぬが、気をつけねばなるまい」

源之助と植村が、浜松藩上屋敷内で加瀬の姿を見たのは、何かの兆候と受け取った。

「当家の代替わりに関わることでございましょうか」

源之助は不安な面持ちになっている。

「容易くはできぬが」

佐名木が返したが、さらに言葉を続けた。

「正棠様が嚙んでいる。あの方は策士だ」

と付け足した。加えて正棠は正紀を恨んでいる。もともと反尾張の立場だったが、さらに菩提寺浄心寺本堂改築の件があった。しばらくおとなしくしていたが、これからは分からない。

そして半刻（一時間）ほどした頃、正紀のもとへ山野辺が訪ねて来た。向こうから藩邸に顔を出すのは珍しい。

新年の挨拶もそこそこに、山野辺は宮津屋襲撃事件について詳細を話した。犯行には干鰯や〆粕、魚油が絡んでいる。知恵を借りたいというものだった。

「できることならば、役に立とう」

山野辺には、高岡藩の出来事で、これまでいろいろと世話になっている。正国の病は案じられるが、今すぐどうこうはなさそうだった。山野辺に力を貸すのに不満はなかった。

源之助や植村にしても、同じ気持ちだろう。

事件の大まかについては、前に松岸屋の蔦造から聞いていた。今日は町の者には伝えられない、詳細まで耳にした。

まさか山野辺が探索の役を務めるとは思いもしなかった。

宮津屋は、高岡藩から〆粕を仕入れる相手だったから、気にはなっていた。知らぬ者ではない。

「年の瀬の金の動きからも、般若の彫り物からも、賊を割り出すことができなかったわけだな」

「そういうことだ」

山野辺はため息を吐いた。

「しかし賊は、無闇《むやみ》に宮津屋へ押し入ったわけでなく、金の流れや建物のことなど、それなりの調べをして押し入ったのは確かだ」

「それは間違いない」

「用心棒は、なかなかの腕前だったのだな」

「いかにも、そうらしい」

暴れる巨漢の破落戸を、たちどころに押さえつけた。

「襲った場面の話を聞く限り、賊は用心棒に二人がかりで打ちかかっている。心してかかったが、一人がやられたわけだな」

正紀の言葉に、山野辺は頷いた。

「逃げるときに、倒れた仲間を抱えようとした。呼子の笛であきらめたらしいが」

「よほどの仲だな」

ただの仲間ならば、捨てて逃げる。一人減れば、分け前がその分だけ増える。

正紀は、出来事を頭の中で整理してみた。死んだ賊が何者か分かれば、他の者も明らかになってくる。しかし賊に繋がりそうな糸は、あらかた辿ってしまった。

ならば次は、どこを探ればよいのか。

「宮津屋について調べるとなると人手が足りないが、用心棒ならば調べやすいのでは」

「なるほど、そこから何か出てくるかもしれぬ」

暗かった山野辺の表情が、少し明るくなった。探る手立てが一つ浮かんだからだ。

ただ宮津屋の商いについては、正紀にもよく分からない。

昨年は鰯が不漁だった時期があり、値が乱高下した。しかし宮津屋はうまく仕入れ、かえって儲けたと蔦造から聞いた。

「品不足の折でも、儲ける者はいる」

「では、もともと宮津屋には金はあったわけだな」

「そうなる。ただ詳しいことは、松岸屋に訊かねばなるまい」

「ならば、直《じか》に訊くのが早かろう」

正紀と山野辺は、源之助を供にして深川南六間堀町の松岸屋へ行き、お鴇と蔦造に会った。お鴇は正森の江戸の女房だが、歳は親子ほども離れている。

お鴇はまず、新しい年を寿《ことほ》ぐ言葉を述べたが、続けて正国の身を案ずる言葉を口にした。それから懐紙に包まれた小判を差し出した。

「銚子の正森様からの、見舞いでございます」

検めると、小判五枚が包まれていた。お鴇から銚子へ知らせがあったので、とりあえず見舞いとして金子を寄こしたと察せられた。

ありがたく受け取ってから、正紀は宮津屋の商いについて訊いた。

「ええ。あの店には、いつも百両くらいは置いてあると思いますよ」

扱う品物は幅広い。ただ一番仕入れ量の少ない〆粕の割合を、増やしたいと考えているようだった。

「ですから高岡藩の分を仕入れてもらったんです」

二つ返事で受け入れたとか。

「厚意だけで仕入れたわけではないのですな」

「それは商人ですから」

「なるほど」

「鰯が不漁だったときは、小口の客には卸さなかったり高値を吹っかけたりしたようですよ」

大口の小売りへの対応とは異なる。けれども阿漕《あこぎ》とは言えない。大口の顧客にそれなりの配慮をするのは当然だ。

「では、恨んだ者もいるのでしょうな」

「腹を立てて、取引を止めた店もあります」

「そうですか」

正紀と山野辺は、顔を見合わせた。ここは山野辺一人では調べられなかった。八丁堀日比谷《ひびや》町の臼井《うすい》屋という店だそうな。

今は宮津屋との取引はない。

売り惜しみをした上での不仲だから、宮津屋の富作や弐兵衛が話さなかったのは当然だろう。

二

正紀、山野辺は、八丁堀日比谷町の臼井屋へ行った。植村には、他の用事を言いつけていたので、供は源之助だけになった。

裏通りにある臼井屋は間口二間（約三・六メートル）の魚油の小売りで、肥料になる干鰯や〆粕は扱っていなかった。小商いの者や裏長屋住まいの者を相手にした店だが、潰れそうな店には見えなかった。見ている間にも、わずかながら客の出入りがあった。

売り惜しみをした宮津屋とは縁を切ったが、仕入れを断たれたわけではなさそうだ。

「かつがつ食えているようだな」

店を見た山野辺が言った。

声をかけて姿を見せた主人は、五十絡みの猫背で鼠《ねずみ》のような面体《めんてい》の者だった。宮津屋のことを口にすると、目を輝かせた。

「あの店は、酷い目に遭ったようですね。天罰が下ったのだと思いました」

主人は、まずそう口にした。よほど恨みは深かったようだ。

「宮津屋の商いについて訊きたい」

山野辺が告げると、主人は身を乗り出した。鰯不漁の折の売り惜しみについて話した。

「弱い立場の者を相手にあんな売り方をしたら、恨む人はいるでしょうね」

付き合いは断ったが、新たな仕入れ先を探すのに苦労をしたと零《こぼ》した。看板を出しながら、いつまでも在庫がないとは言えない。渋々高値で買ったこともあると続けた。

「鰯の不漁は、夏の終わり頃に回復しました。もう少し遅かったら、うちもどうなったか分かりません」

同じような目に遭った店をさらに二軒聞いた。一つは神田松枝《まつがえ》町の津田《つだ》屋という店だ。日比谷町からそのまま向かった。

ここも間口二間の小店《こだな》だった。相手をしたのは、四十歳前後の主人だった。町奉行所与力の訪問におどおどしている。

「宮津屋との付き合いは、長かったのであろう」

山野辺が問いかけた。

「もちろんでございます。先代から、ずっと仕入れてまいりました」

「では商いの様子も分かるな」

「まあ、何となく」

ここは不漁の折に高値で仕入れさせられた店だが、不満や恨みは口にしなかった。宮津屋がどうなったか、魚油商いの者ならば知らぬ者はいない。

「では、その話を誰かにしたか」

「それは、少しだけ」

もそもそとした声になった。どのような内容かはともかく、話をしたことがあるようだ。ただ盗賊に関わっていると思われるのを、怖れているようだ。まともに山野辺に目を向けてこなかった。

「うちは何もしていません」

「分かっておる」

大きな悪事などできない小心者だと、山野辺も感じているようだ。ただこういう者の行動は、ときに大きな悪事を誘発《ゆうはつ》することがある。言葉を耳にした悪党が利用することがあるからだ。

話は注意深く聞かなくてはいけない。

「知らぬ者が訪ねて来て、宮津屋について尋ねた者はいなかったか」

そう問うと、目が泳いで俯《うつむ》いた。

「いなかったと、思いますが」

声が掠れた。嘘をついていますと、告げたようなものだった。

「おれはおめえを、町奉行所へ引っ張り出すような面倒なことはしたくねえんだが」

山野辺が脅すと、主人は顔色を変えた。

「ああ、やって来ました。三十歳前後の二人でした」

遊び人ふうで、目つきはよくなかったとか。先月の中旬頃だった。

「銭を貰って、話したのだな」

「話しましたが、大それたことではございません。宮津屋に出入りする者ならば、誰でも知っているようなことでして」

金や商品の流れについて話したらしい。

「建物のことは」

「ほんの少しだけ」

声は上ずったままだ。銭を貰っただけでなく、脅されながら、分かっていることを話したと思われた。

男たちの素性は分からない。

「二人のどちらかは、この顔に似ていないか」

山野辺は殺された賊の似顔絵を見せた。

「この顔かもしれません」

じっと見つめ、答えるのにしばらく間があった。

「どちらがだ」

「どちらも、似ています」

「何だと」

馬鹿を申すなと山野辺は腹を立てた様子だが、正紀は気がついた。

「二人は、兄弟ではないか」

正紀が口を出した。それならば、似ていてもおかしくはない。盗賊とはいえ、目の前で兄弟が斬られれば、逆上もするだろう。骸を抱えて逃げようとした気持ちも、分からなくはなかった。

津田屋へ、宮津屋について問いかけに来たのは盗賊の内二人で、それは兄弟や血縁であると考えられた。

「他に、思い出すことはないか」

「さあ」

主人は首を傾げた。どんなことでも、聞いておきたい。まだ賊が何者か分からないままだ。

「訪ねて来たのは、二人だけだったのだな。三人ではないのだな」

と山野辺が念を押すと、主人はどきりとした顔になった。

「店の外に、一人立っていました。二人が店にいる間」

「話をしたのか」

「いえ。話が終わって、二人がいなくなったときには姿を見ませんでした」

それだけのことだから、仲間かどうか断定できない。しかし気になる者ではある。

賊は三人組だった。

「どのような外見か」

「ええと」

また考え込んだ。いい加減なことを口にすれば、面倒なことになると思うからだろう。

「相撲取りのように、大きな男でした」

「そうか」

がっかりした。もう一人の賊が巨漢だったとは聞いていない。

「身なりは」

「破落戸というか」

用心棒だとも考えられる。結局津田屋では、それ以上のことは分からなかった。

店を出たところで、源之助が言った。

「巨漢は、仲間でしょうか」

「何とも言えないな」

「うむ。賊は三人だけで、巨漢を見た者はいない。舟で逃げた者も二人だったと目撃されている」

少なくとも盗みには関わっていない。謎だった。

もう一軒、売り惜しみをされた店があった。

神田四軒町《しけんちょう》の小牧屋《こまきや》という店だ。ここも魚油だけの小売りの店で、前の二軒と同じような店構えだ。

声をかけて出てきたのは、中年の女房だった。

「ああ、そういえば宮津屋さんについて、尋ねてきた方がありました」

やはり先月中旬の頃だった。

「どういう容貌の者か」

念を入れて訊く。こちらからは、外見については何も言わない。

「お侍でした」

女房は、わずかに首を傾げてから口にした。

「ほう」

これは仰天した。身なりは悪くなかったという。話した中身は、宮津屋に出入りしている者ならば、誰でも知っているようなことだけだとか。津田屋の主人よりも、この女房の方が落ち着いて話をした。

侍は二十歳《はたち》前後で名乗らなかったそうな。

「顔や身なりは」

「悪くなかったです。頭巾を被っていて、お旗本のような。そうそう、背恰好はこちらのお侍様に似ているような」

「まさか」

仰天したが、女房は正紀が来たとは言っていなかった。半月以上前に、少し話をしただけの相手である。気に留めていたわけでもなかった。

「一人で来たのか」

「入ってきたのは、お一人でした。でも外には、お供のお侍がいたような」

店には入ってこなかった。

「それも武家か」

「さあ」

要領を得なかった。ちらと見ただけだ。

「体の大きい方だったような」

「ほう」

三軒の話は繋がらないが、巨漢と若侍も事件に関わっていたのか。

三

店から出て、正紀と山野辺、源之助は話をした。道端《みちばた》で人が行き過ぎてゆくが気にしない。

「武家というのが、腑に落ちませぬ。賊の仲間なのでしょうか」

源之助が首を傾げた。旗本かと思うような身なりとの話から、賊と関わりがあるとは思えない。

「別口か」

山野辺が返した。その線が濃厚だが、違うとは言いきれない。

「巨漢も、気になるぞ。植村のようではないか」

「いや、用心棒に相撲取り崩れを雇うことは少なくない。何しろ怪力で体が大きい分、脅しにはなる」

正紀の疑問に、山野辺が答えた。

「そういえば事件の数日前に、近くの河岸道で巨漢が悶着を起こし、用心棒の河崎兵輔に痛めつけられた話があった」

同じ者かどうかは分からないが、正紀は一応頭に留めておく。ともあれ、三軒の小売りの魚油屋での聞き込みは参考になった。

「次は河崎だな」

河崎については、宮津屋の用心棒を始めてからのことしか分からない。またこの半月、店にいるとき以外でどういう暮らしをしていたかも不明だ。

三人で箱崎町へ行った。

この界隈は霊岸島に出向く折などたまに通ったが、どのような店があるか注意して見ることはなかった。

宮津屋は三が日は店を閉じていた。その間に、目立たぬように富右衛門の葬儀を済ませている。死に方が死に方だから、大きな葬式は憚られたに違いない。

そして四日目の今日から店を開けた。

支払いの四百二十両を揃えなくてはならない。金策に当たると弐兵衛は言っていた。

敷居を跨いで声をかけると、跡取りの富作が、疲れた顔で現れた。番頭の弐兵衛は金策に出かけたとか。

「金策は、うまくいっていないのか」

「まあ、額も大きいですので」

山野辺の言葉に、富作が答えた。冴えない表情だ。できるだけ早く調えたいのだが、厳しそうだと付け足した。

「奪われたとはいっても、それで終わりにはならぬからな」

「まったくです」

富作は気持ちを奮い立たせるように、山野辺の言葉に返した。襲われたのは不運だが、対処ができなければ、仕入れ先も卸先も商売敵《しょうばいがたき》に侵食されてゆく。

「用心棒河崎は、どのような経緯で宮津屋が雇うことになったのか」

すでに遺体は、回向院《えこういん》に運ばれて無縁墓地に納められた。妻子はないので、宮津屋が仕切ったとか。

「河崎様は、対岸の小網《こあみ》町の口入屋甲州《こうしゅう》屋さんのご紹介です。腕は確かだと伺いましたので」

甲州屋は、昔から短期の奉公人や用心棒の仲介をしていた。河崎は界隈の他の店でも用心棒をしていて、評判は悪くなかった。酒は飲むが、町の者に威張《いば》ったり乱暴を働いたりすることはなかった。

「親の代からのご浪人で、諸国を廻って来たそうです。そこで不逞《ふてい》浪人や破落戸と戦って、腕を磨いたと伺いました」

ありそうな話だ。

「人付き合いはどうだったか。不審な者と付き合ってはいなかったか」

「気がつきませんでしたが」

店に何かあったら、すぐに出張ってもらわなくてはならない。だから町内を出るのは、よほどのときだけにしてもらったのだそうな。酒も町内の居酒屋で飲んでいた。

店にいる奉公人を集めさせた。

「河崎殿を訪ねて来た者はいないか。あるいは河崎殿について、何か尋ねられたことはないか」

山野辺が問いかけた。

「はて」

奉公人たちは、首を捻《ひね》るばかりだった。

「しょせん月雇いの用心棒で、注意深く見ている者などいなかったのではないか」

手代や小僧たちを仕事に戻したところで、山野辺が呟いた。

それから正紀ら三人は、河崎がよく飲んでいたという居酒屋の場所を聞いて出かけた。商家の手代や、裏店《うらだな》住まいの行商人、荷運び人足《にんそく》などが酒を飲む店だ。

「たいていは一人でやって来て、半刻くらいいて帰りました」

女房は、客としてやって来る河崎を覚えていた。たまに界隈の荷運び人足に話しかけられることもあるが、自分から誰かに話しかけるなどはなかったという。

「前に一度、酔ってしつこく絡んだ浪人者がいたんですが、たちどころに痛めつけてしまって。それ以来、近寄る者は少なかった」

巨漢の破落戸を懲らしめたこともあったから、河崎の腕前は、町の者ならば誰でも知っていたわけだ。

「では、誰かとじっくり飲むなどはなかったのだな」

「いや。そういえば、一度だけありました」

「どのような者か」

「若いお侍です。身なりのいい」

「ほう」

三人は顔を見合わせた。四軒町の小牧屋へ来た侍と繋がった。

「若いとは、どのくらいの」

「じっくり顔を見たわけではないので」

ただの印象だ。座った場所のせいか、顔より背中が記憶に残っているそうな。

「日にちは」

「確かなところはもう分かりませんが、年の瀬の二十日くらいだったと思います」

酒肴《しゅこう》の代金を払ったのは、身なりのいい侍だった。半刻ほど何か話して、引き上げた。話の内容は分からない。混んでいたので、聞き取れなかった。

ただ河崎は、引き上げるとき不機嫌ではなかった。

「巨漢の供はいなかったのか」

「店では、見ませんでした」

若侍とは何者かと、三人は首を傾げた。行く先々で目撃されているが、今の段階では宮津屋襲撃に関わっているようには思えない。

すでに日は落ちて、居酒屋は商いを始めていた。仕事を終えた男たちが、集まってきている。

「手間をかけた」

山野辺が言うと、女房はほっとした顔で頷いた。

通りに出て、正紀は周囲を見回した。大店老舗《しにせ》が並んでいる。隣接する北新堀町にも、干鰯〆粕魚油問屋はあった。東雲屋という店だ。業種の異なる同じような規模の店が、甍《いらか》を並べていた。

確かに大川に近く、舟で逃げるには適している。幅広の川と闇が、姿を隠すだろう。

そこで正紀は考えた。

「なぜ、宮津屋だったのか。他の店ではなかったのか」

呟きになった。

「金の流れが見えたのと、建物の造作《ぞうさく》が分かっていたからではないのか」

正紀の疑問に、山野辺は応じた。そうには違いないが、それだけかという気持ちだった。

四

翌朝、正紀は正国を見舞った後、赤坂《あかさか》の今尾藩上屋敷へ赴いた。供は源之助と植村だ。兄の睦群から屋敷に出向くようにと、昨夜知らせを受けたのである。

尾張藩主宗睦のもとには、公儀の政の内容や大名旗本家の動静などがどこよりも早く入る。一門や近づいてくる大名旗本が、耳にしたことを伝えてくるからだ。

高岡藩や正紀に関わりそうな話については、間を置かず呼び出しをかけて聞かせてくれた。これはありがたい。

ただ日にちや刻限は、睦群に合わせなくてはならないので、たいへんだった。何があっても駆けつける。少しでも遅れると機嫌が悪い。幼少の頃から可愛がってはもらったが、正紀には暴君でもあった。

正国の病状を伝えたところで、本題に入った。

「松平乗完殿だがな、腑に落ちぬことがある」

正紀は昨日のうちに、乗完の側用人加瀬晋左衛門が浜松藩上屋敷を訪ねたこと、そこで歓待を受けたらしいことを伝えていた。話はそれと絡むことだと察せられた。

「はて、どのような」

　正紀も関心がある。

「乗完殿には、部屋住みの弟がいる。存じておるか」

「いえ、そこまでは」

　大名家や大身旗本の当主とは、顔を合わせている。尾張屋敷に出向いた折に、訪れている大名や旗本がいる場合は、引き会わされた。これは宗睦や睦群が、正紀を一門の親族として引き立てようと考えているからに他ならなかった。

　しかし部屋住みの者となると、跡取りでもない限り名も聞かない。きりがないことになる。関心もなかった。

「乗厚《のりあつ》なる者でな、二十六歳になる」

「はあ」

　そろそろどこかへ婿に行っていい歳だ。大給松平家の子息ならば、高望みさえしなければ、縁談はいくらでもあるだろう。

「乗厚には、しばらく前に五千石の旗本久貝因幡守《くがいいなばのかみ》の婿になる話が出て進んでいた」

　久貝は大御番頭《おおごばんがしら》を務めている。ご大身だ。婿の口としては悪くない。正紀は次の言葉を待つ。

「乗完殿には乗寛《のりひろ》という十四歳になる実子があるゆえ、乗厚が当主になる道はまずない」

「ならば婿入りの話に、支障はございませぬな」

「初めは話が進んだが、乗厚の側が断った」

「ほう」

乗厚が己の意志で断ることはない。縁談は家と家との問題だから、当主の乗完の考えで断ったことになる。もちろん重臣の意見もあるかもしれない。

「さらに良い婿の口でも、あったのでございましょうか」

「ならば分かるが、それはない」

睦群は、きっぱりと言った。あれば伝わってくる。そういう情報網は完璧に近い。

大名旗本家の婚姻は、ときに大名間の力関係に影響する。

「しかし内々に」

尾張にも入らない情報はあるだろう。

「まあそうだが」

そこで睦群はわずかに考えるふうを見せて続けた。

「そんな折に、昨日その方から、加瀬が浜松藩邸を訪ねた話を聞いた」

「なるほど」

「これはわしの予想だが、乗厚を高岡藩に押し込もうとしているのではないか」

「まさか」

自分がいると返そうと思ったが、後の言葉が萎《しぼ》んだ。正紀廃嫡の虞《おそれ》があることは、前に話題になった。浦川や正棠は、井上一門から尾張を追い出す手立てとするかもしれない。

乗完側には恩を売れるし、定信にも忠誠を示せる。乗厚にしても、五千石よりは一万石の方がいいに違いない。

「あくまでもわしの推量だがな、心いたせ。思い当たることがあったら、知らせよ」

「ははっ」

正紀は頭を下げた。

高岡藩上屋敷に戻った正紀は、睦群から聞いた話を佐名木に伝えた。

「確かに、ありそうでございますな。正棠様や浦川殿あたりならば、企みそうですぞ」

「加瀬は」

「あの御仁《ごじん》も、狸《たぬき》でござる」

六万石とはいえ、西尾藩も藩財政が窮乏していた。再三倹約令を出したが、功を奏さない。苦しいのは、一万石の小大名だけではない。

藩主の座に就いた乗完は、藩士に上米《あげまい》、町人に御用金賦課《ごようきんふか》、農民に年貢先納《せんのう》を強制した。それで急場を凌いだが、藩士領民はさらに疲弊した。乗完は京都所司代から老中になったが、その前の話だ。

「その指図をし、強引に進めたのが加瀬殿と聞いております」

さすがに佐名木はよく知っていた。

「目当てのためには、できぬことも、できるようにするわけだな」

「何をしてくるか注意が肝心でございましょう」

それから正紀は、京にも睦群から聞いた話をした。正国の容態は今のところ安定しているので、和も京も寝る間も惜しんで看病するという状態ではなくなっている。

青白く見えた膚《はだ》の色艶《いろつや》も、元に戻ってきた。

「高岡藩との絡みがあるとして、それは乗完さま側からの申し出でしょうか、それとも浜松藩側からでしょうか」

「分からぬが、どちらにも悪知恵の働きそうな者はいるぞ」

「さようでございますね」

乗完は反尾張の大名を募《つの》りたい。浜松藩ならば好都合だろう。

「正棠さまも、お知恵を出しているのでございましょうね」

「そうだろうな」

「動きを探れませぬか」

「なるほど、それにはどうすればよかろう」

何かを仕掛けてくるのを待っているだけでは、後手になる。ただ誰に正棠の動きを探らせるかだ。

「正広さまではいかがでしょう」

当主の正広ならば、意のままに動く家臣が下屋敷にもいると思われた。依頼の文をしたためた。

五

山野辺は、一通り町廻りを済ませてから、永久島北新堀町へ足を向けた。干鰯〆粕魚油問屋東雲屋の前に立ったのである。

昨日、正紀と聞き込みをして、賊の内の二人が兄弟であることや、それなりの調べを入れていたことが、おぼろげながら見えてきた。確証はなくても、やっている調べが無駄ではないと感じた。

さらに調べを続けなくてはならないが、気持ちに残ったのは「なぜ、宮津屋だったのか」という正紀の言葉だった。

頭に浮かんだそれなりの理由を話したが、本当にそれだけかという気持ちが萌《きざ》していた。

事件の探索で、無駄になることを怖れていては事が進まない。念のため、東雲屋を当たってみることにした。

「賊が襲うならば、同業の東雲屋でもよかったのではないか」

年の瀬には、それなりの金子があっただろう。

主人は伝五郎《でんごろう》で四十一歳、表通りの旦那衆の一人だから知らない相手ではない。会えば挨拶くらいはする。番頭杉之助《すぎのすけ》がいた。いつも愛想《あいそう》だけはよく、如才ない者だった。

店の中を覗くと、帳場格子の向こうに伝五郎と杉之助の姿が見えた。山野辺は、町の自身番《じしんばん》へ行った。書役《かきやく》と世間話をして、それとなく東雲屋を話題にした。

「伝五郎さんも杉之助さんも、なかなかのやり手だと評判ですよ」

「先代のときよりも、店を大きくしたわけだな」

「そうです。六、七年くらい前からは、銚子に仕入れのための出店《でだな》を置いて、佐次郎《さじろう》という甥が主人になっています」

忘れていたが、そういう話を前に耳にしたことがあった。

「宮津屋さんはもともと大店でしたが、それに迫る勢いですね」

それから書役は、声を落として続けた。

「賊に襲われて後始末をしくじると、宮津屋さんは東雲屋さんに追い抜かれるのではと話している人がいます」

「追い抜かれるだけで済むか」

「どうなるか、賭けをしている者がいます。けしからん話です」

賊に襲われたのは不幸だが、宮津屋と東雲屋の先行きを面白がって見ている者がいるのは事実かもしれなかった。富作と弐兵衛が、金策で苦しんでいた。疲れた顔をしていたが、その心労はよく分かった。

この間にも、仕入れ先や顧客を取られてしまうかもしれない。

「つかぬことを訊くが、東雲屋の商いについて、探っていた者はいなかったか」

「さあ、そういうことは」

耳にしないと書役は返した。

北新堀町の味噌醬油問屋へ行って、中年の番頭に問いかけた。

「宮津屋は災難だったが、どちらも繁盛をしていたのであろうな」

「店の商いは、東雲屋さんが追いついてきた感じです」

「そうか、昔は宮津屋の方が大きかったわけだな」

「はい。私が小僧だったときは、東雲屋さんの店はまだ今の半分でした」

隣の店を、買い取ったらしい。山野辺が北町奉行所へ出仕する、何年も前の話だとか。

「ならば今では、商売敵だな」

「そうなるでしょうが、二つの店が不仲だという話は聞いたことがありません。敵という感じではありませんね」

「なるほど。しかし宮津屋ではあんなことがあったからな、立場が変わるのではないか」

「そうかもしれません」

番頭は、憐れむような顔をした。

「その東雲屋についてだが、何か問いかけをされた者はいないか」

宮津屋を襲った賊は、同業の東雲屋にも目をつけたのではないか。そのあたりを知りたいと告げた。

「私はありません」

と答えてから、番頭は奉公人を集めた。調べには、協力しようという態度だった。殺しも平気でする盗賊が野放しでは、気持ちもよくないからだろう。

「東雲屋さんについて、何か問いかけをされた者はいないか」

手代と小僧、裏方の女中も合わせて十三、四人いた。一同は顔を見合わせ、何かぼそぼそと言い合った。けれども問いかけをされたと告げる者は、一人もいなかった。

兄弟らしい二人連れも、若侍も現れていない。ただ巨漢が騒動を起こしたことは、何人もが覚えていた。

北新堀町の他の店に行って尋ねたが、おおむね味噌醤油問屋と同じような返答だった。

「東雲屋は、調べられた形跡がまったくないな」

山野辺は呟いた。

東雲屋にしても、支払いの金が十二月の末に集まるのは間違いない。しかし賊たちは、視野に入れていなかった。他の店にしても同様だ。

「初めから、宮津屋だけに絞って襲ったようにしか見えない」

これが聞き込みを終えた、山野辺の感想だった。

三人の賊がどのような思惑を持って押し入ったかは分からないが、初めから東雲屋は眼中になかったと察せられる。

東雲屋よりも、宮津屋の方が大店なのは確かだ。

「それでか」

呟いた。山野辺は改めて、東雲屋の建物に目をやった。

「おや」

店の出入り口横の壁に、細長い板が何枚か張り付けてあるのに気がついた。前からあったが、気に留めていなかった。

近づいてみると、御用達《ごようたし》となっている大名や旗本家のものだった。七枚あった。

通りで水を撒いている東雲屋の小僧に問いかけた。

「大名や旗本家でも、干鰯や〆粕などがいるのか。田圃《たんぼ》の肥料にするものではないのか」

「ご家中で使うものではありません。殿様にいったん卸してから、ご領内や知行所《ちぎょうしょ》のお百姓に売っていただきます」

当たり前の口調だった。

「なるほど。百姓は、領主を通して買わざるをえないわけか」

商いは江戸の店でやるが、輸送は銚子から、直に領地まで運ばれる。江戸には来ない。

いったいどこの家中かと、山野辺は張られている板の文字を、改めて見直した。

「おおっ」

その中に、『常陸下妻藩井上家』というものがあった。高岡藩と同じ、浜松藩の分家だというのは知っていた。

次は東雲屋の手代に問いかけた。

「下妻藩の御用は、前からか」

札は他と比べて、新しいものだった。

「今年からでございます」

「なぜ、そうなったのか」

大名家の御用達になるのは、なかなかにたいへんだと聞いている。店の格式に関わるから、どこも簡単には手放さない。そのために役目の藩士に、袖の下を贈る者もいると聞いたことがある。

「旦那様が、掛け合ってらっしゃいました」

敬《うやま》う言い方だ。販路を広げてきた。しかも大名家の御用達だ。

「下妻藩で商いの力添えをしたのは、どなたか」

「園田新兵衛様という方かと」

知らぬ名だが、頭に叩き込んだ。

六

正紀の供をして今尾藩邸から戻った源之助は、植村と共に再び屋敷を出た。

おぼろげながら宮津屋を襲った者の姿が浮かんできたが、全体像にはほど遠い。どこを探ればいいか考えた。

「宮津屋を襲った賊ですが、やはり捜し出す手掛かりは、般若の彫り物しかありません」

正紀が山野辺の力になりたいと思っているならば、できるだけのことはしようという気持ちだった。山野辺が、正紀や高岡藩のために力を貸してくれていることも分かっている。

正紀に対して、自分を殺して仕えるのは植村だと源之助は知っていた。

「いかにもですが、どこを当たればいいのか」

植村は首を傾げた。山野辺が調べた事柄は、正紀と一緒に聞いていた。主だった彫り物師を山野辺は丹念に当たっていた。もう江戸の外を捜さねばならないのかとため息も出た。

しかし山野辺が気づかぬこともあろうかと、源之助はもう一度考えた。

「般若の彫り物は精緻で、それなりの腕の者だと思います」

「うむ」

「やはり江戸の彫り物師ではないでしょうか」

「漏れている者がいるというわけですね」

「そうです」

山野辺は徹底して当たったが、一人だけ反抗的な者がいた。

「竜土六本木町の狛吉ですね」

植村も覚えていたようだ。植村は、そのまま続けた。

「山野辺殿は腕ずくで言うことを聞かせましたが、まだ何か隠しているのではないかと見るわけですね」

「それは分かりませんが、出入り口で待っていた破落戸たちも、町奉行所の与力を怖れていなかったとか」

「命知らずの無宿者でしょう」

「その者たちも、何かの縁で、世に知られていない彫り物師のところへ来たと思います」

何かの悪事を犯していたら、なおさらだろう。ならばそこまでして彫らなくてもよかろうものだが、人それぞれだ。どのような事情の者であろうと、腕を気に入ったとして頼むことはあるだろう。

「なるほど、そいつらに当たるわけですね」

「いかがですか」

「やってみましょう」

ということで、源之助と植村は、竜土六本木町へ足を向けた。聞いていた場所に向かうと、近くの寺から、読経の声が聞こえた。

種苗屋の裏手に行くと、今日は小屋の前に人の姿はなかった。しかし中には人がいて、彫りの作業をしている気配があった。

声もかけずに仕事が終わるのを待った。四半刻（三十分）ほどして、遊び人ふうの男が出てきた。

つけて、寺が並ぶ人気のない道で声をかけた。

「ちと、尋ねたい」

「な、なんでえ」

男は虚勢を張ったが、侍相手で一人は巨漢だった。

「へえ」

と急に下手《したて》に出た。状況は見られるようだ。

「なぜ狛吉に彫り物を頼んだのか」

他言はしないとした上で、源之助は問いかけた。後ろでは植村が睨みつけている。

「他所《よそ》よりも値は高いが、腕がいいんで」

「表に看板を出さないのはなぜだ」

源之助は乱暴に言った。下手に出れば、つけ上がるだけと踏んでいた。

「凶状持ちだとか」

しかし何をしたかは知らないらしい。

「あそこで彫るにあたっては、他の彫り物師と比べたのか」

「まあ。一生もんですからね」

遊び人ふうは胸を張った。もろ肌脱ぎにさせて、途中までの龍の彫り物を見た。

「他の彫り物師の中にも、凶状持ちがいるのではないか」

と告げると、男は顔を強張らせた。植村が前に出て、上から睨みつけた。

「常吉《つねきち》というやつがいます」

これも凶状持ちか、誰かに追われている者らしかった。

「その者は、腕が落ちるわけだな」

「というか、そちらは般若の彫り物が得意で」

「なに、般若だと」

植村が声を上げた。思いがけない成り行きになった。

「常吉はどこにいるのか」

「青山久保町《あおやまくぼ》です」

梅窓院《ばいそういん》に隣接する町で、この半年ほど石工の家の小屋に住み着いているとか。早速行ってみた。

「ええ、先月の四日までいましたけどね」

相手をした石工の親方は言った。銭は寄こしたし、悶着を起こすわけでもない。小屋を使わせることに支障はなかったようだ。

「行き先は」

「さあ」

常吉は、般若の彫り物の腕は確からしかった。遺体から写した絵を見せた。

「こんな感じの図柄です」

と親方の返事があった。

「ううむ。せっかくここまで来ながら」

彫り物師に辿り着けない。植村は奥歯を嚙みしめた。

「ではこのあたりで、常吉に彫り物をしてもらった者を知らぬか」

「それならば赤坂表伝馬町《おもてでんま》一丁目の駕籠《かご》屋の次男坊が、彫ってもらっていたが」

それで源之助と植村は、赤坂へ行った。辻駕籠《つじかご》の親方の倅《せがれ》である。空の辻駕籠が、十丁ほど並んでいた。駕籠舁《か》きたちが、数人で声高に話をしている。

次男坊を呼び出した。

「ええ。常吉さんには、般若の面を彫ってもらいやしたよ」

見せてもらった。死体から写した絵と大きさや色は異なるが、雰囲気はほぼ同じだった。

「移り先が分かるかね」

「そういえば」

次男坊は首を傾げてから続けた。

「本所菊川《きくがわ》町に古い知り合いがいるとかいないとか」

すぐに本所へ向かった。東の外れで、大横川《おおよこがわ》の西岸にある町だ。鄙びた町である。

対岸は、大名家の下屋敷だった。

もちろん、看板など出ていない。人もなかなか通らない。

「彫り物師ねえ」

やっと通りかかった農婦に尋ねたが、首を傾げられただけだった。

そこで近くの民家へ行った。ここでも首を傾げられたが、四軒目で彫り物師の常吉を知っている者がいた。大横川河岸の、どうということのない小さなしもた屋にいるという。

声をかけると、中背《ちゅうぜい》の四角張った顔の中年男が出てきた。衣服に墨の染みが、いくつもできていた。客らしい者の姿はない。

「常吉だな」

源之助が問うと、ためらいもなく頷いた。

「これはその方が、彫ったものだな」

般若の絵と似顔絵を見せた。

「そうです」

それがどうしたという顔をした。

「殺された」

「えっ」

さすがに驚いた様子だった。しかしその詳細は伝えない。

「彫り物を入れた者の名は分かるな」

「へえ。才蔵《さいぞう》と言いました」

ようやく辿り着いたが、その気持ちの昂《たかぶ》りは表には出さない。

「彫ったのは、いつか」

「一年前くらいですね。どこかでおれの噂《うわさ》を聞いたって、やって来たんだ」

「どのような稼業の者か、話したか」

「鋳掛屋《いかけや》だと聞いた気がするが、本当かどうかは分からねえ」

「彫っている間、何か話はしなかったか」

「そんな、手を抜くような真似はしねえ」

ぶすっとした顔で返した。

「住まいを話したか」

「本所の緑町《みどりちよう》の長屋だと聞いた気がするが」

竪川《たてかわ》の北河岸の町だ。何という長屋かは分からない。

「よし」

源之助と植村は小走りで向かった。町内の長屋を片っ端から当たってゆく。町は川と武家屋敷に挟まれて、東西に延びている。しもた屋や材木置き場、空き地も目立った。子どもが遊ぶ、甲高《かんだか》い声がどこかから聞こえた。
五、六軒目で、井戸端にいた三人の女房に反応があった。
「ええいましたよ、才蔵という鋳掛屋は。一年くらい前にやって来て、半年くらいの間いました」

一番年嵩《としかさ》の女房が言った。似顔絵も見せた。三人とも間違いないと言ったが、般若の彫り物については知らなかった。常吉に鋳掛屋だと告げたのは、嘘ではなかった。

ほぼ毎日、道具を抱えて出かけて行った。

「兄弟がいたはずだが、訪ねて来たことはないか」

「はて。自分のことは、何も言わない人だったからねえ」

「似たような人が、訪ねて来たことがあった気がするよ」

それぞれ口にした。そしてある日突然、いなくなった。それきり音沙汰《おとさた》はない。長屋の女房たちは、目にしたことしか知らない。そこで源之助と植村は、長屋の大家のところへ行った。大家は赤ら顔で、低い鼻が上を向いた中年男だった。

「貸したのは、才蔵という人にではありません。又借りで使っていたのです」

人別《にんべつ》はないから、それでしか部屋は借りられない。とはいえ、店賃《たなちん》を滞らせることはなかった。

「では誰の名で借りたのか」

「町内で鋳掛屋をしていた人ですがね、もう半年前に亡くなっています」

それでは、確かめようがなかった。ただ賊の一人が何者か分かった。そこから、逃げた仲間を探れる。これは大きかった。

何はともあれ、源之助たちは正紀に知らせることにした。

第三章　三人兄弟

一

正紀のもとへ、興奮した面持ちの源之助と植村が駆けつけてきた。佐名木と共に、話を聞いた。

「そうか、あの亡くなった賊は才蔵というのか」

「般若の彫り物は、常吉なる彫り物師が手掛けていました」

「うむ。重畳《ちようじよう》だ」

正紀の気持ちも昂った。大きな進展だ。二人は竜土六本木町から青山、赤坂と巡り、ついには本所へと辿り着いた。江戸の東西に足を向けている。その成果といっていい。

佐名木も満足そうに頷いた。

問題は、そこでどうするかだった。

「まずは長屋のあった本所緑町を当たってみるべきであろう」

「兄弟がいるならば、長屋だけでなく近くのどこかで会っていたはずです」

佐名木が受けた。それも炙《あぶ》り出さなくてはならない。探り出す糸口が見つかった。

そこへ山野辺が姿を見せた。何か摑んできたようだ。先に聞き込みの成果を聞いた。

「ほう。東雲屋が下妻藩の御用達とな」

それは初めて知った。一門とはいえ、出入りの商家まで伝えることはない。しかも東雲屋に出入りしているのが園田となると、そのままにはしておけない気持ちになった。

「単に下妻藩の御用達というだけならば、何ほどのこともござらぬが」

干鰯や〆粕は、どこの藩の領地でも使う。人糞よりも効果がある。小藩の場合、郷方《かた》が一括で仕入れる場合もなくはなかった。ただその場合、藩がどれほど鞘《さや》を抜くかはそれぞれだ。

「うむ。園田は、正棠様の腹心だからな」

佐名木の言葉を、正紀が受けた。具体的なことは何もないが、もやもやしたものが湧き上がってきた。

山野辺には、般若の彫り物をしていた賊が才蔵といい、表の稼業は鋳掛屋だったと伝えた。彫り物師の常吉についても触れた。

「よくやった」

話を聞いた山野辺は喜んだ。これまで辿り着けなかった案件だ。

「竪川河岸の大横川に近いあたりには、才蔵だけでなく、兄弟たちも姿を現していると思われます」

「当然であろう」

「そのあたりを探ってみたいと存じます」

源之助が山野辺に伝えた。

翌日、源之助は植村と共に本所緑町へ行った。再び、長屋の大家のところへ行く。まだ詳細を聞いていなかった。

「店賃を滞らせない店子《たなこ》が、私らには第一です。才蔵さんは、礼儀も正しかったですね。溝浚《どぶさら》いも、嫌がらずに出てきました」

それならば又借りであっても、大家はかまわないだろう。おかしな仲間と付き合っている気配はなかった。

酒で悶着を起こすこともなかったとか。

「又借りをした事情については、耳にしているのか」

「いや、はっきりしたことは。長屋を借りた鋳掛屋のご隠居には倅がいて、林町《はやしちょう》の一丁目で仕事をしています。そちらで訊いていただきましょう」

「そうだな」

本所林町は竪川の南河岸の町で、大川寄りになる。早速、足を向けた。

「あれですね」

植村が指さした。間口二間もないような店で、三十代半ばの男が、小型の鞴《ふいご》を使って鋳掛仕事をしていた。大小の古い鍋や釜が、腰を下ろした周囲に重ねられている。

「すまぬ。亡くなられた父ごのことで訊きたい」

源之助が頭を下げて問いかけたので、倅は嫌な顔をしなかった。手を止めて顔を向けた。

「父ごは、才蔵なる者に緑町の長屋を又貸ししたという。その折の事情を聞きたい」

又貸しを責めるつもりがないことは、初めに伝えた。

「ああ、その話は聞いています。亡くなった親父は、才蔵さんと飲み屋で知り合って、気が合ったそうです。初めは向こうから声をかけてきて、奢《おご》られたようです」

「なるほど。それで長屋の件を頼まれたわけだな」

「月々それなりの礼金を受け取るって話で、長屋の借り手になったのだとか」

「飲み屋で知り合っただけでは、素性などは分からぬのでは」

「そうですねえ。まあ親父は、月々入る礼金が嬉しかったのかもしれませんが」

倅は、苦笑いをしながら口にした。隠居の気持ちとしては、分からなくはなかった。軽い気持ちの、小遣い稼ぎといったところだろう。ただ才蔵の方は、計画的な動きといえる。

緑町の長屋へ戻って、居合わせた女房たちに訊いた。その中には、昨日話を聞いた者もいた。それぞれに、十文のおひねりを与える。だからか女房たちの機嫌はよかった。

まず訪ねて来た者について訊いた。

「人が訪ねて来るのは少なかったけど、ないわけじゃなかった」

「そうだね。兄弟かどうかは分からないけど、似た顔の人は、いた気がする」

「でもさあ、目つきは悪かったね。あたしゃ、怖かったよ」

勝手なことを言わせる。

「似た顔は、一人だけか」

「さあ、どうだか」

独り者の男を、興味本位には見ていた。しかし多くの者が訪ねて来るわけではなかったようだ。

「鋳掛屋稼業は、毎日行っていたのだな」

「そりゃあ道具を持って、出て行きましたよ」

親しいわけではなかった。口を利くことなどほとんどないから、目にしたことしか分からない。

「では好いた娘などもいなかったのだな」

「そんなふうじゃなかったねえ」

女房たちはげらげら笑った。

「でも、朝帰りをしたことは、あったじゃないか」

それでまた笑った。

「出掛けた先に、思い当たるところはないか」

女房たちは、顔を見合わせた。あると言う者はいなかった。

「そんなところ、あたしらが知っているわけないじゃないか」

一人が口にすると、他の者は頷いた。それに朝帰りは、何度もあったわけではないらしい。外で飲んでも、遅くはならなかったようだ。

才蔵は、慎重に過ごしていた気配だ。

女房の亭主の一人が、才蔵が一人で飲んでいる姿を見かけていた。近所にある煮売り酒屋で、そこへも行った。

「あぁこの人、来たことがあります」

店のおかみに似顔絵を見せると、覚えていた。けれどもやって来るときは、いつも一人だったとか。

「仲間と飲むときには、他の場所へ行ったのでしょうね」

植村が呟いた。この地で才蔵が親しくしていた者はいない。彫り物師の常吉と関わっただけだ。

それから源之助と植村は、箱崎町へ行った。宮津屋ではなく、近所の商家の奉公人に問いかけた。

「宮津屋が襲われる前に、このあたりに鋳掛屋が店を出していなかったか」

「はて」

大方は首を傾げるばかりだ。けれども何人目かに反応があった。

「そういえば、二日くらい河岸道で茣蓙《ござ》を敷いて鍋釜の修理をしている人がいたっけねえ」

赤子を背負った、裏店住まいらしい婆さんが言った。鋳掛屋はたまにやって来るが、いつもの者ではなかった。

宮津屋が襲われる数日前のことだ。似顔絵を見せたが、顔をはっきり覚えているわけではなかった。

他にも訊くと、「そういえば」という者が、さらに数人現れた。

「顔は、似ているような、いないような」

はっきりしなかったが、才蔵だと源之助と植村は考えた。


正紀は夕方、正国を見舞った。眠っていたので起こさず、顔色だけ窺った。頰に赤みが戻って快復しているのを感じた。

御座所へ戻ると、源之助と植村が屋敷に戻ってきていたので、聞き込みの報告を受けた。逃がした仲間の行方に近づく手掛かりは得られなかった。しかし才蔵の暮らしぶりは、明らかになった。

簡単に何かが出てくるとは思っていなかったので、失望はなかった。

そして日暮れ頃、山野辺が屋敷に顔を出した。しばらくは、調べて分かったことを伝え合う。

「そうか、鋳掛屋をしながら探っていたわけだな」

報告を聞いた山野辺は言った。そして懐から紙片を取り出した。

「まあ、見てもらおう」

江戸府内で起きた三人組の賊による強奪事件について、町奉行所が分かっていることを記してきたのである。

「うむ。才蔵が緑町にいた時期に、本郷《ほんごう》の蠟燭屋と四谷《よつや》の米屋が襲われているな」

紙片に目を落とした正紀は言った。蠟燭屋では手代が殺され九十両が奪われた。米屋では、死人は出なかったが四十五両が奪われた。

「事を終えた才蔵らは、江戸を出たわけだな」

山野辺が続けた。その二件の押し込み以降では、今回の宮津屋の一件まで三人組による強奪事件は起こっていなかった。

二

翌朝、正紀のもとへ、下妻藩井上家当主の正広から書状が届いた。隠居正棠に関する問い合わせの答えだ。

正棠は、謹慎という意味合いもあって下屋敷住まいの隠居の身となったが、三十九歳と老いるにはまだ早い歳だった。野心家で、井上一門の状況次第では何か企むと思っていた。

正紀は、正広からの文に目を通した。

正棠の動きについては、特にこの一月《ひとつき》あたり気になるものがあった。上屋敷詰めの腹心園田新兵衛の動きが活発になっている。下屋敷や本家へ行くことが多くなった。

園田家は、井上一門の中では名門といえる血筋である。新兵衛の父次五郎兵衛《じごろべえ》は、元は下妻藩の江戸家老だった。そして縁者の園田頼母は、高岡藩の元国家老だ。

しかしどちらも、正紀や正広を失脚させようとしてしくじり、身を滅ぼす結果となった。何事もなければ、新兵衛は御蔵役などでくすぶっている身分ではなかった。

同じように、正紀や正広への対応でしくじった正棠にしてみると、同じ恨みを持つ園田新兵衛に対する信頼は厚いと察せられた。新兵衛にしても正棠に対しては、同様の思いがあるのだろう。

後をつけて探ればその企みが分かるのではないかと正広は提案していた。

ただ下妻藩士がつけるのでは顔を知られている。警戒されては、調べにならない。

高岡藩で顔の知られていない者がいたら、その者に見張りができる藩邸内の長屋の一室を貸与《たいよ》すると書かれていた。

「それが手っ取り早いな」

「いかにも」

正紀の言葉に、佐名木が応じた。

「では誰がよいか」

源之助や巨漢の植村では、顔が知られていてまずい。思い当たる人物が、一人いた。仇討《あだう》ちを成し遂げ帰参した高坂市之助《こうさかいちのすけ》である。高坂は三十年前に兄を討たれ、その後仇討ちの旅を続けていた。もう藩内の誰もが高坂の仇討ちを忘れていたときに、正紀が仇《かたき》を捜し出した。それで本懐《ほんかい》を遂げられた。

正紀に対して恩義を感じている者だった。

「あの者ならば、下妻藩の者は誰も顔を知りませぬ」

正紀は、高坂を呼んだ。

高坂はいったん国許へ戻したが、旅慣れている点を買い伝令役を命じていた。高岡と江戸の間を行き来し、今は江戸にいた。

ここまでの詳細を伝えて、下妻藩邸での園田の見張りを命じた。

「ははっ、喜んで」

高坂は、目を輝かせて畳に両手をついて平伏した。

高坂は源之助に連れられて、愛宕下《あたごした》大名小路にある下妻藩上屋敷に出向いた。芝増上寺の杜《もり》が彼方に見えた。

下妻藩上屋敷に入ると、高坂は内々で正広に目通りした。一介の藩士が、井上家一門の大名家当主に拝謁できることは驚愕だった。役目の重さを感じた。

「無事に本懐を遂げ、何よりである」

慰労の言葉を受けた。この言葉にも、仰天した。正紀から伝えられたのかどうかは分からないが、体が震えるほどの名誉といってよかった。

もし正紀に出会わなかったら、今でも仇を捜して流浪の旅をしているところだろう。

拝謁を済ませた高坂は、正広付きの小姓に案内されて、離れたところから園田の顔を検めた。襖の隙間から、談笑する若侍の顔を目に焼き付けたのである。

用意された御長屋の一室に入った。

「ここに住まわれよ」

敷居を跨いで中に入り、室内を見回した。八畳の部屋に土間と台所があり、小窓もついていた。そこから正門と潜り戸がよく見えた。配慮された場所だと察せられた。さらに門番所にも連れていかれた。小姓が、高坂の御門の出入り勝手を伝えた。これで自由に動ける。

源之助が引き上げて一人になった。

「よし」

高坂は気持ちを引き締めた。

「正紀様は、恩人だ」

と呟いた。源之助から、廃嫡の虞《おそれ》があると聞いて驚いた。三十年経って、高岡藩内の様相も変わっている。

「そのようなことをさせてなるものか」

早速、見張りにかかった。

気合を入れて、小窓にしがみついた。雪隠《せっちん》へ行くのにも気を使った。その間に何かあったら取り返しがつかないと思うからだ。

大名屋敷の中は、しんとしている。たまにどこかから、小鳥の囀《さえず》りが聞こえるばかりだった。

この日、外出はなかった。

二日目、朝になってすぐに園田は外出をした。

「おおっ」

気合を入れてつけて行く。心の臓が高鳴った。しくじらぬようにと緊張したが、行った先は、西久保神谷町《にしくぼかみや》の大東流《だいとう》の剣術道場だった。門弟たちの掛け声と、ぶつかり合う竹刀《しない》の音が響いている。

一刻（二時間）ほど心地よく汗を流した様子で、園田はすっきりした顔で道場から出てきた。すれ違った門弟が、先に頭を下げた。

それなりの遣い手らしかった。

どこかへ寄るかと思ってつけたが、そのまま屋敷へ戻った。それきり外出はなかった。屋敷の母屋に入ったままだった。

再び見張りを続ける。高坂は仇を求めて捜す暮らしには慣れているが、じっと見張るのはこれまでやったことがない。容易いと思ったが、なかなかに辛かった。話し相手もいない。

高坂には、長い一日となった。

そして三日目、夕刻になってようやく園田が顔を見せた。間を空け、慎重につけて行く。

向かった場所は、芝七軒《しちけん》町の居酒屋で『むらさき』という店だった。どこにでもあるような構えだ。

中を覗く。先に来ていたのは、四十前後の歳の商家の番頭ふうだった。親し気に話している。

どうするか迷ったが、高坂も店に入り一合の酒を注文した。高坂は下戸《げこ》だ。仇討ちの旅では、酒を飲むゆとりはなかった。ただ銭は、正紀から貰っていた。必要な銭ならば、使えと命じられていた。

園田と商人は、壁際の縁台に腰を下ろした。高坂は、一つ間を空けた縁台を使うことにする。話す言葉に、耳をそばだてるつもりだった。しかし続けて現れた人足ふうの男たち五人が、間の縁台に腰を下ろした。

人足ふうの男たちは飲みながら、声高に話を始めた。高笑いが交じる。

そうなると、園田らの話し声が聞こえない。苛立《いらだ》ったが、どうにもならなかった。

半刻ほどで、二人は店を出た。酒肴の代金を払ったのは、番頭ふうの方だった。

「では、明日」

という言葉だけが聞こえた。頭を下げて去って行く番頭ふうの方を、高坂はつけた。

東海道《とうかいどう》を北へ向かって歩き、芝口《しばぐち》橋を渡った。

辿り着いた先は永久島の北新堀町で、出会った町木戸の番人が挨拶をした。そして番頭ふうは、一軒の商家へ入った。店の看板を検めると、東雲屋と記されてあった。

高坂は、木戸番の番人に問いかけた。

「あの番頭ふうは、店の者か」

「さようで。番頭の杉之助さんでございます」

杉之助の名は初耳だったが、宮津屋に近い干鰯〆粕の問屋なので、店の屋号は耳にしていた。高坂は高岡藩上屋敷へ行き、正紀に報告をした。

「東雲屋は下妻藩の御用達ゆえ、そこの番頭が御蔵役の園田に酒を振る舞ったとしても、それ自体はおかしくないな」

「しかし明日、何かがあるというのは気になります」

話を聞いた正紀と佐名木はそれぞれ口にした。高坂の聞き込みは、意味があったと認められた。嬉しかった。

「正棠様と東雲屋が、明日、何かをするのでございましょう」

源之助の言葉に一同は頷いた。そこで高坂は下妻藩上屋敷に戻り、源之助と植村は、東雲屋を探ることになった。

三

正紀は京と話をした。

「お殿様は今日、孝姫の顔をご覧になりました」

「連れて行ったのか」

「はい。見たいとおっしゃって」

正国は、そこまで快復をしたということか。

「お喜びになったのだな」

「まあ。ただ孝姫は泣きました」

「元気な姿をご覧になられたのなら、それでよかろう」

起きていれば騒がしい孝姫は、すやすや眠っている。病間を出てからは、侍女たちにかまわれて、たっぷり遊んだらしい。

顔を近づけて、少しばかり寝顔を見つめた。そしてこれまでの調べごとについて、詳細を伝えた。

「東雲屋は、宮津屋襲撃に、何か関わっているのでしょうか」

話を聞いた京は、唐突にそう言った。京は時折思いもつかないことを口にする。

「それは分からぬ。同じ永久島の干鰯〆粕魚油問屋で、なぜ東雲屋ではなく宮津屋だったのかと考えたところから、山野辺が調べ直したのだ」

「初めは大した意味はなかった。それでも調べていると、下妻藩が現れてきたわけですね」

「そういうことだ」

何が言いたいのか、という気持ちで見返した。

「東雲屋にしたら、商売敵の宮津屋が潰れたら都合がよいでしょうね」

意地悪そうな顔になって言った。

「うむ。それがあるから、山野辺も賊と東雲屋を繫げて考えたのに違いない。万一を思ってであろう」

「その東雲屋と正棠さまが何か関わっていたとするとどうなりましょう」

「東雲屋が賊に与《くみ》し、正棠様もそれに嚙んでいるという話になるな」

「…………」

京はそれで、考え込んだ。正紀は慌てて言った。

「それはないであろう。関わったところで、正棠様には何の得もない」

百両や二百両手にしたところで、事が明らかになれば破滅だ。ただ正棠は、正紀廃嫡を企む一派の急先鋒だと考えている。だから小さな気がかりではあるが、動きを探ることにした。

翌朝源之助は、植村と共に北新堀町の東雲屋へ向かうために屋敷を出た。春らしい日和《ひより》で、陽だまりを歩いているとぽかぽかと心地よい。今日は見張りをするので、二人は深編笠を被っていた。

「はて」

そこで何者かに見張られている気がしたのである。一瞬のことだ。

あたりを見回すと、着流しに黒羽織の侍が立ち去って行くのが見えたが、不審な点は感じなかった。定町廻り同心に、縁はない。

「何者かに見られていた気がしましたが」

「そうでござろうか」

植村も周囲を見回したが、すぐに何事もなかったように歩き始めた。探られるいわれは何もない。

「気のせいか」

源之助も歩き始めた。

東雲屋の商いは、いつもと変わらない。魚油の樽が、小僧らの手で小舟に積まれてゆく。ご府内での配達のようだ。

隣町の宮津屋の様子も窺った。喪が明けて商いを再開しているが、しんとしている。東雲屋と比べると、どこか元気がない。

荷運びを終えた東雲屋の店の中を、源之助と植村は覗いた。主人伝五郎と番頭杉之助の姿を確認した。杉之助はてきぱきと、手代に何か指図をしていた。

「旦那さんや番頭さんは、今日どこかへ出かけるのかね」

通りで水を撒き始めた小僧に、源之助が問いかけた。

「さあ」

首を傾げた。大きな仕入れも出荷もないそうな。

「お大名家の誰かが来るなどはないのか」

「もしそうならば、朝のうちに伝えられます」

そのまま、様子を窺う。ひとところにいると怪しまれるので、交代で場所を変えながら一人は見張り、一人は周辺を歩いた。

夕方まで、何事もなかった。

薄闇が道を覆い始めた頃、空の辻駕籠が二丁来て店の前に停まった。小僧が呼んできたらしい。

「何かあるぞ」

源之助と植村は一緒になって、その様子を見つめた。

待つほどもなく伝五郎と杉之助が現れ、乗り込んだ。

「よし。これだ」

垂れを下ろした駕籠は、すぐに店の前を発ち霊岸島へ入った。源之助と植村はこれをつけた。

駕籠は霊岸島を通り過ぎ、夕日に照らされた鉄砲洲稲荷《てっぽうずいなり》の鳥居の前も通り過ぎた。着いた先は、築地の磯辺《いそべ》という料理屋だった。駕籠から降りた二人は、現れた番頭に迎えられて中に入った。

手入れの行き届いた垣根の向こうに、瀟洒《しょうしゃ》な建物が窺えた。

「誰と会うのでしょうか」

「そこが肝心ですね」

しばらく様子を見ていると、武家の御忍《おしの》び駕籠が現れた。供に園田がついていた。確かめなくても、駕籠の主が正棠だと予想がついた。

料理屋の敷地に入ると、後ろから、つけてきた高坂が姿を現した。物陰にいた源之助が、手招きをした。

「駕籠は、正棠様でござる」

上屋敷を出た園田は、下屋敷まで出向いて正棠と一緒にやって来た。

「正棠様と伝五郎か。どのような悪巧みだ」

罵《ののし》るように、植村は言った。だがそこへ、もう一丁武家の御忍び駕籠が現れた。

別の客かと目を凝らすと、供侍の顔に見覚えがあった。すでに薄暗かったが、迎えに出た番頭の提灯《ちょうちん》の明かりで分かった。

浜松藩上屋敷で見かけた笠原欣吾だった。その顔は、植村も見ていた。

「では駕籠の主は、西尾藩大給松平家の加瀬晋左衛門か」

驚くほどではないが、東雲屋と繋がるのは意外だった。駕籠から降りた、加瀬の顔も確認した。

「下妻藩が関わるのは分かりますが、ご老中の側用人とは」

正棠は加瀬に近づこうとしていた。もちろんそれには、浜松藩江戸家老の浦川も嚙んでいると考えるべきだった。ただそれに東雲屋が絡むのは驚きだった。遠い三河西尾藩の干鰯や〆粕の御用を、受けるというのか。

腑に落ちない。

「この集まりは、正紀様に関わることか」

源之助は、松平乗完には部屋住みの弟乗厚がいることを、父から聞いていた。闇の中に佇《たたず》む磯辺という料理屋が、にわかに怪しげなものに感じた。

耳を澄ましても、密談の声は聞こえない。聞こえるのは、波の音だけだった。

酒席は一刻ほどで終わり、一同は引き上げて行った。

四

正紀は源之助と植村からの報告を聞き、加瀬が現れたことに驚いた。東雲屋が西尾藩の御用達になる話ではないとすると、何なのか。思いつくのは、高岡藩の跡継ぎ問題しかない。

しかしそうなると、東雲屋が関わるのはおかしな話となる。佐名木にも京にも伝えたが、明確な返答は得られなかった。

見張りを続けさせたが、翌日も翌々日も、正棠や園田、東雲屋にこれといった動きはなかった。

けれども三日後の昼過ぎ、正棠から正紀に書状が届いた。

「何事か」

初めてのことだった。難題を寄こしたのかもしれないと、気持ちを引き締めた。佐名木も関心を持ったらしかった。正紀の御座所へ顔を出した。

封を切って、正紀は文を読み始める。冒頭は正国の安否を気遣う内容だったが、もちろんそれが文を寄こした主旨ではない。

「正棠様は近く国許に帰られ、ご先祖の墓参りをなされるとか」

思いがけない内容である。そういうことに、関心を持つ者とは感じていなかった。佐名木も、不審な面持ちだ。

「うむむ」

読み進めて、正紀は呻き声を上げた。

「正棠様は、下妻へ向かう前に高岡に寄って、正森様のお見舞いをしたいと記している」

「それは」

さすがの佐名木も、息を呑んだ。隠居の身の正森は、国許高岡で養生をすると公儀には届けていた。

高岡を訪ねても、正森はいない。

正棠も隠居とはいえ元藩主なので勝手には江戸を出られない。墓参りということで、公儀の許しを得たと付け足してあった。

「訪ねて不在となれば、面倒でございますな」

「正棠様は、黙っていないだろう。どうするか」

「鬼の首を取ったように、責め立ててくるでしょうな。その責を正紀様に押し付けて、廃嫡を訴えるかもしれませぬ」

一気に、剣呑《けんのん》な空気になった。

「正棠様は、正森様不在を承知で高岡を訪ねるといっているのだろうか」

「いや。ご存じないのでは。分かっていたら、もっと前に何か言ってきたかと存じますが」

「なるほど。見舞いとなれば断る理由はないな」

これまで、そういうことは一度もなかった。何か企みがあるのは間違いない。

「となると正森様には、高岡においでいただかなくてはなりませぬ」

それは当然だ。正森は面倒がるかもしれないが、それでは済まない話だ。

「ただ正棠様は、正森様の敵ではありませぬ」

佐名木は続けた。正森は、井上家の血筋だ。だからこそ、正森に近づきたいわけがありそうだった。

共に尾張嫌いなのは公然の秘密だ。ただ嫌いの度合いや状況は異なる。今や正森は、正紀には心を許し始めている。そのことを、正棠は知らないはずだ。

正森は高岡にいるものとして、打診してきたと察せられた。

「何を企んでいるのか」

そこが問題だ。単に懐かしいだけで、高岡への寄り道はしない。ひょっとしたら、下妻での墓参りの方がついでかもしれなかった。

「日はいつでしょうか」

「江戸を発つのは、五日後とあるな」

「高岡での目通りは、七日後あたりでありましょう」

それまでに正森には事情を伝え、高岡へ移ってもらわなくてはならない。忙しいことになる。

「どうしても駄目ならば、病重しとして、面会ができない旨を伝えるしかあるまい」

「ただどのような意図でそのようなことを言ってきたか、知りたくはあります」

それは正紀も同じ気持ちだった。何かの狙いがあることは間違いない。応諾の文を送った。同時に銚子の正森にも、文を送った。

翌日、国家老の児島丙左衛門から文が届いた。児島は五十代も半ば過ぎの歳で、元は江戸家老だが、先の国家老園田頼母が正紀襲撃を指示したかどで失脚すると、その後釜についた。児島家は、高岡藩内では名門だ。

ただこの人物は、何かにつけて腰の重い男だった。面倒なことを嫌がる。上からの強い意見には押されるが、下の者へは傲慢な態度に出た。天明七年（一七八七）の一揆の折には、迅速《じんそく》な対応を取らず事を大きくした咎《とが》で、正紀は激しく叱責し三月《みつき》の蟄居を命じた。

正紀が高岡藩に婿入りするにあたっては、賛成をした人物だと聞いているが、その後どう考えているか分からない。

国許の仕置きについては、中老の河島一郎太《かわしまいちろうた》が補佐しているので、しくじりはない。ただ事なかれで、問題を先送りにするなど正紀にしてみればじれったい部分があった。一揆の折の反省がない。

「代替わりの折には、家老職から降ろそう」

と、佐名木とは話していた。もちろん、他の者には話していない。

読み終えた正紀は、児島からの文を佐名木に手渡した。内容は、正棠から文があり、正森に会いたがっているが、ぜひにも叶えてほしいというものだった。

「児島は、正棠様と昵懇ではなかったと思うが」

意外だったのは、二人の組み合わせだ。児島は正棠のために、わざわざ筆をとっていた。

「何かあれば、別でございましょう」

佐名木の返事は冷ややかだった。企みがあるのではという物言いだ。確かに、急にそういうことを言ってくるのには裏がありそうだ。

「今日、高岡から文が届いたということは、正棠様はこちらよりも先に児島殿へ文を出したことになりまする」

「それはそうだな」

ともあれ正紀は、正森の消息を知るべく、深川南六間堀町の松岸屋のお鴇を訪ねた。銚子には文を出したが、手に渡らなければ意味がない。

「正森様は、年が明けた五日に、お越しになりました。三日過ごされてから、出て行かれました」

銚子に戻ったのかどうかは分からない。老齢でも動くことを厭《いと》わない健脚だ。面白いと思えば、どこへでも行き何日でも過ごす。羨《うらや》ましい暮らしぶりだ。

「そうですか」

最悪の場合は、正棠が高岡に着く日の前に伝えられないかもしれなかった。

「そのときは、そのときだ」

腹を括るが、正棠の思惑は知ることができなくなる。背後には、浦川や加瀬もいる。面談の内容を、正森から聞きたかった。


ここまでの日、山野辺は何もしていなかったわけではなかった。高積見廻りの役目をこなしながら、才蔵という鋳掛屋の生前の動きを捜していた。必ずどこかに、仲間の影が現れるとの思いからだ。

一年前、本郷の蠟燭屋が襲われ、手代が殺されて九十両が奪われた。四谷の米屋では、四十五両が奪われた。三人の賊はほとぼりが冷めるまでは、江戸を出ていたはずだった。

そして宮津屋を襲っている以上、数か月前には、江戸へ戻ってきたのは間違いない。襲う先を探し、内情の調べをしているはずだ。出てくるたびに、二軒か三軒を襲っていた。

やり方は手荒いが、無闇矢鱈《むやみやたら》に押し込んでいるわけではない。

手掛かりはいまだに才蔵という名の三十歳前後の鋳掛屋であること、それに般若の彫り物と似顔絵だけだった。

浅草寺門前、上野山下《うえのやました》、八つ小路、両国広小路、深川馬場《ばば》通りといった江戸の繁華街を訊き歩いた。常吉に彫ってもらった者には辿り着いたが、才蔵を知る者には出会うことがなかった。

「ふう」

とため息をついたとき、道端で初老の鋳掛屋が仕事をしているのが目に留まった。早春の日差しを浴びながら、背を丸めて鍋を叩いている。山野辺は問いかけた。

「才蔵という三十歳くらいの者を知らぬか」

「どこかで聞いたような」

似顔絵を見せた。鋳掛屋は、しげしげと絵を見つめた。

「どこかで会った気もしますが」

とは言ったが思い出せなかった。それは仕方がないが、鋳掛屋関わりで捜すことは、まだしていなかったと気がついた。

五

鋳掛屋は、町の道端や稲荷の境内《けいだい》などで筵《むしろ》を広げて、そこで近所から持ち込まれた鍋釜などの修繕をするのが仕事だ。もちろん自前の店を持ってやる者もいるが、それは多数の馴染《なじ》みの客がついている場合に限られる。

雨が降るとできない稼業だが、一つの場所に数日居続けていても怪しまれないので、盗みに入る前に、押し入る先の様子を探ることができる。現に才蔵はやっていた。

山野辺は、神田界隈から聞き込みを始めた。

「才蔵ってえ名も、般若の彫り物も知りやせんねえ」

般若の彫り物に心当たりがあっても、似顔絵を見せると知らないと言われた。ただ、似顔絵を見て、似たような者を見た気がすると告げる者はいた。

「この商売には、縄張りがあって、前からやっているやつならば分かりますが、そういうやつじゃないですね」

と告げる者もいた。

鋳掛屋は、それなりにいる。鍋釜など金属製品は高いので、江戸の庶民は大事に修理して使った。

「縄張りを持たねえ鋳掛屋が勝手に商売して、悶着になることもあるようですぜ」

店を出す場所は、どこでもいいというわけではないらしい。鋳掛屋同士で話し合うこともあり、土地の地廻りに場所代を払うこともあるそうな。ただ古手は、稼げる場所を簡単には譲らない。

手応えのある返答を得られないまま、山野辺は神田界隈から日本橋界隈へ回った。町の者に訊けば、鋳掛屋はいくらでも見つかる。けれども求める返答は、なかなか得られなかった。

春の陽だまりで、鞴《ふいご》を鳴らしながら鍋釜の修理をする仕事は、のんびりしているように見えた。老齢の鋳掛屋が、修理の鍋を持って来た女房と何か話しながら笑っている。

山野辺は、浜町《はまちょう》河岸界隈で仕事をしている中年の鋳掛屋に声をかけた。

「この顔には、覚えがある。才蔵ってえ名でしたね」

似顔絵をしばらく見てから中年の鋳掛屋は言い、腹立たし気な表情になった。

「おお」

遠路を歩いてきて何人にも声をかけ、やっと答えに辿り着いた気持ちだった。

「どこで見たか、話してみろ」

「へえ。あっしは二、三か月に一度、箱崎町で仕事をしていました。あそこは縄張りみてえなもんで」

ところがそこで、すでに仕事をしている者がいた。宮津屋の斜め前あたりの場所である。見かけない顔だった。

「どけと言ったんだ。おれの場所なんだから」

「どかなかったのだな」

「二日だけ、ここで商いをさせてくれと言って、五匁銀を寄こしやがったが、客を取られるのが嫌だったから、あっしは断った」

すると先にいた男は、土手で話をしようと言った。人気のない場所だ。

「まあ人通りの多い道でやり合うのは嫌だったから、ついて行ったんだ」

「何を話したんだ」

「話すも何も。とにかくそこへ行ったら、すぐに目つきの悪いのが二人現れて、三人に囲まれた」

それでしこたま殴られた。喧嘩《けんか》慣れした者たちで、手も足も出なかった。その後で、五匁銀二枚を渡された。

「悔しかったが、承知するしかなかった」

「なぜ才蔵と分かったのか」

「仲間の一人が、あいつのことを、そう呼んだんですよ」

才蔵が一番下で、現れた二人を、「兄貴」と呼んでいたとか。

「真ん中のが寅《とら》なんとかで、一番上は名を呼ばれることはなかった」

寅の下は、ほとんど聞き取れなかった。

「蔵《ぞう》かもしれねえ」

と自信なさそうに付け足した。それでも鋳掛屋は、悔しい思いをしたからか細かいことも覚えていた。

「すると三人兄弟だな」

「おそらく」

顔は似ていた。ただ一番年上の男は、頭から手拭いを被っていて、顎で結んでいた。顔を隠しているような印象があったとか。

「では訊くが、才蔵のところには鋳掛の客は来たわけだな」

「来ていましたよ」

悔しかったから、翌日様子を見に行ったとか。北新堀町の豆腐屋の爺さんと、箱崎町の裏店で青物屋を商う若女房が来て、何か話していたとか。

それで山野辺は、裏通りにある青物屋の若女房を訪ねた。店先には、水菜や小松菜、牛蒡《ごぼう》や芹《せり》、泥のついた大根などが並べられている。

「ええ、鍋にできた小さい穴を塞《ふさ》いでもらいました」

しかし腕はあまりよくなかったと漏らした。手際がよくなくて、にわか職人といった印象だったとか。

「何か話をしたというが、どんな話だ」

「大した話じゃないですよ。あの人は穿《は》いていた股引《ももひき》に尖った道具で、穴を開けたんですよ。ちょっとした隙に、引っかけたんですけど」

「うぬ」

大した話ではなさそうだが、ともあれ聞く。

「ちょんびきつっぽしたって、口にしたんです。慌てたんですね、在所の言葉がつい出たようで」

股引に穴を開けたという意味だそうな。

「どこの訛《なま》りか」

「下総の利根川の下流あたりの言葉です。それで、在所は銚子かって訊いたら、そうだって」

　女房も銚子の出だったので分かった。山野辺は江戸者だが、地方から出てきた者は、生まれ在所が近い者と会うと嬉しいらしい。

「銚子のどこだって訊いたら、ちょっといただけだって答えなかった。言いたくないみたいだったから、それ以上は訊かなかったけど」

「なるほど。生まれ在所は銚子のあたりだが、隠しておきたいというわけか」

　ならば才蔵は、干鰯や〆粕、魚油のことはある程度分かっていたのかもしれないと山野辺は考えた。

　次は豆腐屋の爺さんだ。こちらは店の前に縁台を置いて、日向ぼっこをしていた。日焼けした顔に、いくつもの染みがあった。

　鋳掛屋を思い出すのに、多少手間取った。ただ一度思い出すと、そのやり取りが頭に浮かんだようだ。

「大したことは話さなかった。釜に開いた穴のことを話しただけでした」

「周りに、目つきの悪い男が二人いなかったか」

「いなかったと思いますが」

　それでは何の足しにもならない。ただ爺さんは続けた。

「夕方になって、豆腐を売りに行った帰り道に、あの鋳掛屋が小網町の旅籠《はたご》三善《みよし》屋に入るのを見ました」

「そうか」

それから爺さんは、似顔絵をもう一度見せてほしいと言った。

「うーん」

しげしげと眺めて、ため息を吐いた。

「見覚えがあるのか」

「ずいぶん前に、会ったような」

十年以上前に会った誰かに、鋳掛屋が似ているという話だ。誰かは思い出せない。

十年以上前のことならば、話にならない。

六

山野辺は、小網町へ急いだ。旅籠三善屋は、荷の出し入れをすることはないので、関わったことはない。ただ建物は知っていた。

「去年の暮れに、三人のお客さんが一緒に泊まったことはありません」

旅籠の中年の番頭は、問いかけた山野辺に返した。宿帳《やどちょう》を検めた上でのことだ。才蔵という名も、寅蔵《とらぞう》という名もなかった。

宿帳には、山野辺も目を通した。

「おや」

泊まった者の名と在所、泊まり始めた日と出立《しゅったつ》した日が記されている。

常陸国行方《なめがた》郡潮来《いたこ》村在の太助《たすけ》という者が、宮津屋襲撃があった日の朝までの七日間泊まっていることに気がついた。一人だが、相部屋ではなかった。

番頭に訊くと、初めて逗留した客だった。宿賃もきちんと払い、迷惑もかけなかった。ただ帰りが夜遅くなることはあった。

気になった山野辺は、番頭に似顔絵を見せた。

「この太助という者は、歳はどれくらいか。この顔と似ていないか」

「歳は三十代半ばだったと思いますが」

番頭は、しげしげと似顔絵を見た。

「はっきりはしませんが、似ているような気がします」

そこで客に接している女中にも尋ねた。

「ええ、こんな顔だったかもしれません」

「では、この顔の者が訪ねて来たことはないか」

「そういえば」

改めて似顔絵に目をやってから、訪ねて来たような気がすると言った。

「一人だけか。もう一人、似た顔の者は来なかったか」

「私は、気がつきませんでした」

他の女中もすべて呼んで、同じことを訊いた。

「似た顔で訪ねて来たのは、一人だけです」

一番年嵩の女中が言った。その言い方が気になって、山野辺は問いかけた。

「訪ねて来たのは、顔が似た者だけではないのだな」

「はい。身なりのいい若いお侍と一緒に帰って来たことがあります」

年嵩の女中は答えた。侍は、四半刻ほどいただけで帰ったそうな。

「侍の顔を見たか」

侍というのは、思いがけない。

「見ましたが、ちらとだけです」

「もう一度見て分かるか」

「さあ」

自信がなさそうだ。

「ただお侍は、お客さんの名を呼びました。それが以蔵《いぞう》というもので太助ではありませんでした」

それで不審に思って、女中は覚えていたのだとか。

山野辺は、以蔵の方が本当の名だと考えた。宿帳に偽名を書くなどは珍しくない。潮来の在というのも、いい加減なものだろう。ただ銚子の近くなのは、土地に馴染みがあったから記したのかもしれなかった。

以蔵という名は、初めて耳にした。これまで不明だった長兄の者と思われた。三兄弟の名が、以蔵、寅蔵、才蔵ならば、その方が真実味がある。

今日は大きな収穫があった。しかし新たに登場した身なりのいい若侍は気になった。

「あのう」

番頭が改まった口調で言った。

「太助か以蔵かは存じませんが、その方はいったい何をしでかしたのでしょうか」

番頭は疑問の眼差しを向けた。

「なぜ気になる」

「実はその方について、尋ねてきた方があります。名を変えているならば、いわくが

い。

それならばありそうだ。何らかの形で、才蔵や以蔵らに辿り着いているかもしれない。

「いえ違います。定町廻りの旦那でした」

「ほう」

それは仰天だった。

「その同心は、潮来の太助と名を挙げて尋ねてきたのか」

「いえ、そうではありません。宿帳をご覧になってから、尋ねてきました」

外見や宿での過ごしようを訊かれたという。番頭だけで、女中らへの問いかけはしなかった。

「同心は、名乗ったのか」

「いえ、お尋ねできませんでした。でも三つ紋の黒羽織で、十手を腰に差していらっしゃいました」

四十代後半の歳だったとか。年が明けてからのことだ。

「ならば南町の者だな」

北町の者ならば、山野辺に断らずに調べをするなどはない。いったい何のためにそのようなことをするのか。まったく他の案件か。それならばそれでかまわないが。

また仮に宮津屋襲撃に関する調べでも、まずいわけではなかった。南北の町奉行所が力を合わせることは、少なくなかった。ただ何も断りがないのは、通常ではありえない。

高岡藩上屋敷に、山野辺がやって来た。正紀はその日の聞き込みの結果について聞いた。

「そうか、三人の名と生国《しょうごく》が分かったか」

耳にした正紀は、腹の奥が熱くなるのを感じた。以蔵と寅蔵、才蔵の三人が兄弟なのは間違いないと思われた。

「銚子の出というのは思いがけなかったが、ならば干鰯〆粕魚油問屋とは、あながち無縁ではなさそうだな」

「そうではあるが、これまで三人組の賊が襲った先は、それとは限らぬぞ」

山野辺は言った。これまでの記録は、調べてきた上で口にしていた。とはいえ奪った宮津屋からの四百二十両は、他よりずば抜けて高額だ。

「それにしても、共にやって来た若侍は何者なのか。気になるぞ」

正紀は言った。用心棒河崎の件もある。河崎も身なりのいい若侍と、酒を飲んでいたことがあった。若侍が、同じ者かどうかは分からないが。

「そやつは、以蔵らと繋がりつつ、河崎を誑《たぶら》かし、利用したとも取れるぞ」

「ただ賊の方は、しくじった。才蔵を死なせたわけだからな。遺体を、そのままにせざるをえなかった」

若侍は、盗人三兄弟と繋がり、用心棒河崎を捨て駒にしたとも考えられる。

「確かめよう」

正紀と山野辺は、宮津屋へ行った。帳場には、富作と弐兵衛がいた。

「襲った賊の目当ては、つきましたか」

招き入れた富作は、すぐに尋ねてきた。父親を殺した重罪人である。

「奪われた四百二十両は、どうなったでしょう」

弐兵衛が続けた。金策に追われていると話していたが、奪われた金子の一部でも戻ればと願っているに違いない。

「当たっているところだ」

山野辺はそう告げてから、ここまでの道すがら正紀と話してきたことを問いかけた。

押し込みのあった夜に、奉公人や河崎がどういう動きをしたかが知りたかった。

「裏木戸の閂《かんぬき》は、誰が閉めたのか」

「筆頭の手代でございます。後で旦那さんも確かめられましたし、河崎様も何度か敷地の中を見廻って確かめていただいておったかと存じます」

最初に匕首で刺された手代だ。容態はだいぶ良くなったが、まだ完治はしていなかった。

正紀と山野辺は顔を見合わせた。

「となると、最後に見たのは河崎か」

「もし河崎が、見廻ったときに密かに閂を開けていたら、賊も忍び込みやすかったであろうな」

賊が表の戸を蹴破って逃げた後、裏木戸は開いていた。これは犯行の後で、土地の岡っ引きが確認している。

「なるほど。裏木戸から忍び込んだ賊は雨戸を外し、河崎を消そうと二人がかりで斬りかかったという筋書きだな」

と山野辺。

「裏切られたと知った河崎は死に物狂いで打ちかかっただろう。それで才蔵は、殺されてしまった」

あくまでも推量だが、ない話とはいえない気がした。宮津屋襲撃の背後に、得体の知れない若侍の影がちらつき始めた。

「その若侍は、何者であろう」

見当がつかない。また南町の者とおぼしい定町廻り同心が、「潮来の太助」について旅籠の番頭に問いかけをしていた。

「金を奪って逃げた賊は、どこへ姿を隠しているのでしょうか」

「すでに、江戸にいないのかもしれません」

富作の言葉に、弐兵衛が力ない声で返した。そんなことを言ってても、奪われた金子は戻らない。

第四章　盗賊の昔

一

翌日町廻りを済ませた山野辺は、宮津屋襲撃前まで以蔵が潜んでいた旅籠三善屋のある小網町へ足を向けた。昨日までとは打って変わった曇天で、川風は冷たかった。道行く人も、心なしか早足に歩いてゆく。

山野辺と正紀は昨日、宮津屋で話を聞いた後、生き残った以蔵と寅蔵はまだ江戸にいるかどうかを話した。山野辺はさらに一晩、八丁堀の屋敷でも考えて、やつらはまだ江戸にいるという結論に達した。

これまでのやつらの仕業とおぼしい三人組の強奪事件は、二件か三件、続いてから鳴りを潜めていた。

「ならば今回も、あと一つくらい狙っているのではないか」

もちろんそうあってほしいという、都合のいい当て推量もあるとの自覚はあった。

以蔵が三善屋に泊まっている間、三兄弟はどのような動きをしていたか。背後に若侍の姿も浮かんでいた。

「探ることで、その後の動きも見えてくるのではないか」

自分を掻き立てる気持ちで、口に出した。他に、探る手立てはない。

まずは小網町の旅籠から当たって行く。寅蔵や才蔵は、三善屋ではないどこかに泊まっていたはずだ。旅籠にいなければ、空き家なども当たる。それでもいなければ、不審者を泊めていた者を捜す。

宮津屋からそう遠い場所ではないと判断していた。

「昨年の暮れ、何日であれ、二十八日まで宿泊していた一人旅の者はいないか。歳は三十をやや過ぎたあたりだ」

寅蔵や才蔵の名で泊まっていたとは思えない。偽名を使っていることを踏まえた上での調べだ。似顔絵も見せた。三兄弟は、そっくりではないにしても似ているようだ。

宿帳を当たらせたが、該当者はいなかった。偽名も含めて確認してゆく。また在所が銚子でないにしても、近い場所ならば疑った。

「小見川《おみがわ》から来た方ですが、歳は五十近かったですね」

と告げられる。

小網町には、二人の影はなかった。しかしがっかりはしない。以蔵と同じ町にいたとは思えないからだ。

ただ気になることを口にした番頭がいた。

「三つ紋の黒羽織の旦那が、同じことを尋ねに見えました」

「そうか」

以蔵が泊まっていた旅籠三善屋の番頭も話していた。名は不明だが、南町奉行所の同心である。昨年末に、一人で泊まった者を当たっていた。

「何のためにそのような」

得心がいかない。ただそれに関わるつもりはなかった。勝手にやっていろという気持ちだった。

隣接する堀江《ほりえ》町へ行った。ここも山野辺が求める宿帳の記載がある旅籠はなかった。このあたりは、各種の問屋があって、出入りする地方の商家や百姓たちのための宿が二軒あった。

次は小舟《こぶな》町へ行った。ここは一軒だけで、加茂《かも》屋という旅籠だ。

「先月二十八日まで、九日泊まっていたお客さんがいますよ」

若旦那が答えた。山野辺は宿帳を検めた。豊次《とよじ》という名で、下総佐原《さわら》から出てきた土地の商人ふうだったとか。歳は三十代半ばで、加茂屋に泊まるのは初めての客だ。相部屋ではなかった。若旦那に、似顔絵を見せた。

「そっくりとは言えませんが、似ていないわけでもありません」

曖昧《あいまい》な答えだ。ただここへは、身なりのいい若侍は訪ねて来ていなかった。即断はできないが、寅蔵だと山野辺は考えた。

「ここでは、どのような過ごしようだったのか」

「一日に一度は出て行きました。早く帰ることも遅くなることもありました」

とはいえ若旦那は、はっきりとは覚えていない。奉公人たちも呼んで訊いた。

「ああ、あのお客ですね。なんだか怖い顔をしていたっけ」

奉公人たちは覚えていた。

「お酒は好きだったみたいですよ。飲んで帰ってくることもあったし、注文を受けたこともありました」

ならば近くの居酒屋で飲んでいたかと、訊いて廻った。仲間の誰かと飲んでいて、そこから何か手掛かりになる言葉を拾えたら好都合だ。

「さあ、覚えていませんね。来ていたかもしれませんが、一見《いちげん》さんじゃあねえ」

六軒当たったが、そんな返答ばかりだった。

そしてもう一度加茂屋の前を通ったとき、店の敷居を跨いで出てきた定町廻り同心と目が合い立ち止まった。

「これは、北町の山野辺様」

向こうは慇懃《いんぎん》に頭を下げた。立ち話程度はしたことがあるので、名と顔は知っている。歳は四十後半で、南町奉行所の塚本昌次郎《つかもとまさじろう》だった。

この界隈は、塚本の町廻り区域ではない。それが加茂屋から出てきた。

「そうか、こいつか」

胸の内で呟いた。宮津屋の事件を調べている同心がいる。小網町の三善屋へも顔を出していた。

ならば加茂屋には、寅蔵がいたと気づいたはずだった。

「いや、ちと宮津屋の一件について調べておりまして」

山野辺が何も言わないうちに、作り笑いで言った。

「………」

「何かお役に立てればと思いまして」

なぜこの件に限ってと思ったが、口には出さなかった。

南北の違いはあっても、向こうは同心でこちらは与力だ。格はこちらが上だが、向こうとは、親子ほどの歳の違いがあった。

「ここには、寅蔵がいたようで」

塚本は続けた。若旦那は、直前に与力が同じ用件で来たと話をしただろうから、こちらが知っていることを承知で口にしていた。

「ふざけやがって」

とは思ったが口には出さない。もともと、何の挨拶もしてきていなかった。ついでのような言い方も気に入らない。

「まあ、ご存じだったようで。ご無礼をいたしました」

頭を下げると行ってしまった。

「何が目当てか」

後ろ姿を見ながら、山野辺は考えた。塚本と関わったことはないが、金に汚いしぶとい者だという噂は、耳にしたことがあった。奉行所内では一匹狼《いっぴきおおかみ》で、金になりそうな事件に当たる。

その部分での嗅覚《きゅうかく》は鋭いようだ。

ただ宮津屋の事件が金になるかどうかは疑問だった。とはいえすでに、以蔵ら三兄弟に辿り着いている。定町廻り同心としてなかなかの腕だ。

「宮津屋は、四百二十両が戻ったら、謝礼をやるとでも言ったのか」

ならば山野辺にも何か言ってきそうだが、それはなかった。

二

高坂市之助は、下妻藩上屋敷で園田新兵衛の見張りを続けていた。日が過ぎるにつれて、藩内の様子が少しずつ見えてきた。同じ一万石だから、詰めている家中の者の数は、ほぼ高岡藩と変わらない。

園田の今の家禄は高いものではなく、役職も重要ではなかった。しかし井上一門の御家としては名門なので、園田の態度は身分の低い者に対しては横柄に見えた。

見張りを始めてから、園田はたびたび外出をした。高坂は怪しまれぬように気をつけながら、すべてつけた。

出向いた先は、藩出入りの雑穀問屋などの商家と浜松藩上屋敷が二回ずつ、それに下妻藩下屋敷が一回あった。屋敷内には入れないので、正棠と会って何を話したかは見当もつかない。

夜に芝神明宮《しばしんめいぐう》前の煮売り酒屋へ二度出向いたが、いずれも一人で飲んだ。長い時間ではなく、乱れることもなかった。

ただ酒を飲んだ帰路に、いきなり立ち止まって振り向いたことがあった。高坂は慌てて横道に入ったが、心の臓が高鳴った。

いつもつけているので、気づかれているのではないかと感じた。

そしてこの日も、昼下がりになって園田は外出した。高坂は、園田が門を出てからやや間を空けて門外に出ようとした。先日のことがあるので、注意をしたのだ。

道に出ると、後ろ姿が見える。いつもよりも足早だ。追おうとしたところで背後から声をかけられた。

「待たれよ」

下妻藩士だ。身分の高い者ではない。

「そこもとはここ数日御長屋に住まわれているが、どのような仔細があってのことか」

責める口調ではないが、何か疑っている気配はあった。向けてくる目には、敵意がある気がした。

「いや、それは」

どう答えたものか迷った。

「どなたのお指図でござろう」

「いや御留守居役様のお図りにて」

留守居役は親正広派と聞いていたので、名を出した。それ以上は、話せない。

「なるほど、さようでござるか」

さらにいろいろ問われたら面倒だと感じた。けれども相手はそれで引いた。潜り戸から外に出た。

そこで高坂は、園田が行った方向へ歩き始めたが、すでにその姿は道の先にはなかった。

「くそっ」

園田の仲間に、足止めをされたのだと察した。自分が園田を見張っていたことが気づかれたのならば、これ以上役目は続けられない。

忸怩《じくじ》たる思いだった。

源之助は、植村と共に深編笠を被って東雲屋を探っていた。曇天の日の川風は冷たい。昨日までは暖かかったから、気候の変わりように体がついていかなかった。

番頭の杉之助は、忙しなさそうに働いている。手代に何か問われると、てきぱきと答える。まずいことがあると、容赦なく叱責の声を投げつけた。その声が、離れたところにいても聞こえてきた。

外出した時には、源之助と植村のどちらかが後をつけた。残った方が店を見張る。その間に伝五郎が出かけたら、これをつける。

杉之助の外出先はあらかたは卸先の魚油の小売りだが、両替屋などへも顔を出した。そしてこの日の昼下がり、杉之助が店を出た。このとき後をつけたのは源之助だった。

杉之助は霊岸島を経て、京橋《きょうばし》界隈へ入った。

すると横道から蜆《しじみ》の振り売りが飛び出してきた。体がふらついていて、天秤《てんびん》の両端には濡れた蜆が山盛りになっていた。石にでも躓《つまず》いたのか。

「わあっ」

蜆売りは源之助にぶつかってきた。避けようとしたが、避け切れなかった。明らかに向こうの不注意だ。

あるいはわざとか。

源之助の袴《はかま》に、濡れた蜆がかかった。足袋も濡れた。

「申し訳ございません」

蜆売りは慌てた様子で頭を下げたが、行く手を遮るような立ち方だった。源之助は蜆売りを押しのけて、杉之助の後をつけようとした。しかしそのときには、杉之助の姿はなかった。

「おのれっ」

蜆売りは、行き先を隠すために雇われたのか。杉之助が向かった先へ駆けたが、もう姿はなかった。

深編笠を被ってはいたが、見張っていたことに気づかれたと察した。

「誰と会うのか」

途方に暮れた気持ちで源之助は呟いた。こちらに知られたくない誰かに会うのは明らかだ。そこで頭に浮かんだのは、園田や笠原の顔だった。

源之助は、下妻藩上屋敷へ走った。何かあるとしたら、ここだと推測できるからだ。

屋敷の前まで行って、大木の陰に身を隠した。

見ていると間もなく潜り戸が開かれた。出てきたのは園田だった。

そして少しして高坂が道へ出てきたが、藩士に呼び止められた。高坂と侍が話している間に、園田は去って行く。

源之助が、園田をつけた。芝口橋へ向かう大通りを進んだ。着いた先は、露月《ろうげつ》町の蕎麦《そば》屋だった。

中を覗くと、二階へ上がって行くところだった。

源之助は、店に入ってかけ蕎麦を注文した。飯時ではないので、店はすいていた。

「二階では、昼酒でも飲んでいるのかね」

丼《どんぶり》を持って来た婆さんに言ってみた。

「まあそんなところじゃないですか」

侍二人と、商家の番頭だそうな。蕎麦を食べ終えた源之助は、通りに出て荒物屋の木看板の陰から蕎麦屋を見張った。

四半刻ほどして、まず出てきたのが、西尾藩の笠原だった。

「やはり」

と呟きになった。

次は園田で、さらに間を置いて出てきたのが杉之助だった。

「おや」

杉之助が歩いて行くのは、東雲屋とは反対の方向だ。

「怪しいぞ」

源之助は、たっぷり間を空けてつけて行く。増上寺門前の賑やかな界隈に出たが、そこは通り越した。

金杉橋《かなすぎ》を南に渡り、さらに進んだ。辿り着いた場所は、三田寺町《みたてらまち》にある寺だった。なかなか立派な山門で福徳寺《ふくとく》といった。

山門の向こうに、本堂が聳《そび》えている。

人の集まる、大きな法事が行われているようだ。少なくない人が出入りしていた。読経の声が響いてくる。

源之助は、外から様子を見た。

四半刻ほどで杉之助は庫裏《くり》から出てきた。訪問客に交じって山門を出て、そのまま来た道を戻って行った。

源之助は、境内にいた若い僧に声をかけた。

「今、番頭ふうの者が訪ねて来たと思うが」

「はい。おいででした。ご逗留の太郎吉《たろきち》さんを訪ねて見えました」

こだわりのない口調だった。

「太郎吉とは」

「年が明けてから、庫裏にご逗留です。銚子の在だそうで」

歳は三十をやや超したあたりで、正月二日にやって来た。住職も銚子の出で、太郎吉は三両の寄進をしてしばらく置いてくれと頼んだそうな。

似顔絵を見せた。

「似ているような」

稼業を訊くと、旅をする薬の商人だと告げたそうな。今もいるかと訊くと、若い僧は首を横に振った。

「ご一緒に出て行かれました」

「何だと」

気がつかなかった。法事の客に紛れて出て行ったらしかった。慌てて境内を出た。周囲を捜したが、それらしい者の姿はなかった。

三

佐名木や青山と正国の容態や今後のことについて話をしていた正紀は、戻ってきた源之助と植村から、露月町の蕎麦屋と三田寺町の福徳寺での経緯を聞いた。

「太郎吉なる者は、以蔵もしくは寅蔵ではないかと存じます」

興奮を隠さない、源之助の口ぶりだった。取り逃がしたとはいえ、初めて賊らしい者に近づいたのである。

この場には、佐名木と植村、高坂や青山も顔を揃えていた。聞いた一同は、色めき立った。

「杉之助は、園田及び笠原と顔を合わせ、打ち合わせの後、以蔵か寅蔵のいる福徳寺へ行った。園田と笠原の意を受けたものであるのは間違いない」

「さよう。何かを伝えたのでござろう」

佐名木の言葉に、高坂が続けた。正紀も頷いた。以蔵か寅蔵だという予想を否定する者はいなかった。

源之助らの追跡の邪魔をしたのがその証だ。

「蜆売りは、偶然ではないでしょうな」

青山が言った。青山にも、これまでの状況は伝えていた。

「よほど大事な話をしたのであろう」

「いったい何を話したのでございましょう」

と、植村は高坂の言葉に続けた。源之助が戻らず、植村はだいぶはらはらした模様だ。

「太郎吉が以蔵か寅蔵だとするならば、次の盗みを企てていると存じます」

そうでなければ、江戸にいる意味がないというのが、源之助の考えだ。

「繋ぎをつける以上、兄弟のもう一人は必ず近くにいます」

源之助は続けた。他の者は頷いた。

「となると、盗みに園田や笠原が関わっていることになりますぞ」

青山が、やや疑う口調になった。どちらも、紛れもない大名家の家臣だ。

「いや。いざとなれば、関わりなかったとする手立ては打ってあるに違いない」

佐名木は推測できる当然のことを言っていた。これまでの話だけでは、杉之助や園田らを責める何の材料もないという意味でもあった。

「しかし腑に落ちぬ」

正紀は呟いた。そのまま続けた。

「以蔵と寅蔵が次の盗みを謀《はか》ったとしても、それは分からぬわけではない」

ほとぼりが冷めるまで、江戸を離れる。その前にもうひと稼ぎしたいと欲をかいたとしても、ないとは言えない。

「なるほど。しかし東雲屋に得はありませぬな」

「いかにも。園田や笠原にしたら、なおさらでござる」

源之助の言葉に高坂が続けた。正紀に向かって二人は大きく頷いた。

「ならば杉之助は、蕎麦屋で話したこととは別件で、福徳寺へ出向いたのでしょうか」

植村の疑問だ。

「いや」

源之助が首を横に振ったが、次の言葉はない。福徳寺を問い詰めても、太郎吉は江戸を発ちどこか分からぬ遠方へ向かったとされたら、確かめようがなかった。

ただ何か企んでいる。それは確かだった。

高坂は、園田らに気づかれたと察せられた。下妻藩上屋敷からは、引き上げさせることにした。

山野辺は、夜に高岡藩上屋敷へ赴き、情報交換を行った。まず小舟町の加茂屋と南町奉行所定町廻り同心の塚本について話した。

「やつの狙いは何か」

「ううむ」

正紀に問われても、見当もつかなかった。それから正紀の話を聞いた。

「やはり園田と笠原、それに杉之助は、何かを企んでいるな」

話を聞いて、山野辺は言った。

「だとすると、宮津屋襲撃にも関わっている虞《おそれ》があるぞ」

「いかにも。とんでもない話だ」

大名家を揺るがす事件という意味だ。

「何を企んでいるのか」

そこが問題だ。

「芝露月町の蕎麦屋を当たってみよう」

山野辺は応じた。


翌日、山野辺は蕎麦屋へ行った。接客をした婆さんに、昨日二階を使った三人の客について尋ねた。

「前の日に、朝日屋《あさひ》という店の手代がやって来て、二階を貸してくれと言われました」

朝日屋など知らないが、過分な銭を受け取ったらしい。蕎麦を肴《さかな》に、三人は四半刻ほど酒を飲んだ。

「話の内容が、分かればありがたい。

少しでも分かればありがたい。

「傍へ寄るなと、怖い顔で言われました」

「では、何も耳にしなかったわけだな」

「はあ」

とした上で、何か思いついた顔になった。

「蕎麦湯を運びました」

障子《しょうじ》は閉まっていたが、声は聞こえた。声掛けをして、話が止まった。

「直前の声は聞こえました」

「ほう」

「はっきりしたことは分かりません。誰かの名のような気がしました」

「どのような」

婆さんは、少しばかり首を傾げて口にした。

「まさのきとかまさのみとか」

山野辺は驚きを隠して、確認した。

「正紀ではないか」

「そ、そうかもしれません」

絶対ではないが、山野辺はそうかもしれないと思った。正棠かもしれないが、それならば様をつけるだろう。

やつらは、高岡藩に関わる者が調べに入っていることを知っている。ならば正紀の名が挙がったとしても、意外とはいえない。ただなぜ正紀なのかは、疑問だった。他の者も動いている。

四

「この数日、殿様はずいぶんお元気になられました」

「そのようだな」

京の言葉に、正紀は頷いた。正国の顔色は、徐々に良くなっている。

「今日は朝からずっと曇天で、寒い一日でした。こういう日はお体に障るのではないかと案じましたが、何事もなく済みました。母上とお話もなされたようで」

「それは何よりだ。和様も、ほっとなされたであろう」

和の心労は、大きかったはずだ。京はそのことにも気を揉んでいた。

二つ年上の京は、祝言を挙げる前から、正紀には万事に高飛車な物言いをした。当初は京の態度に不満だったが、日々暮らしを重ねるうちに、京は胸の内に脆《もろ》い部分があり、配慮をする気持ちも隠れていることに気がついた。

特にそれを感じるようになったのは、孝姫を身ごもったあたりからだ。国許で一揆があった折には、適切な助言と励ましの言葉が胸に染みた。

だから正紀にも、京に対して思いやる気持ちが芽生えた。

「とはいえ、心の臓の発作はいつ起こるか分かりませぬゆえ、油断はできませぬ」

京は厳しい表情になって付け足した。

「用心をしなくてはならぬな」

次に宮津屋への押し込みに関する調べについて話をした。京は、昨日山野辺から知らされた、露月町の蕎麦屋で、園田や笠原、杉之助の三人がした打ち合わせについて気持ちを向けていた。

「なぜ『正紀』なる名が、出てきたのでございましょう。名を挙げられるいわれは、まったくありませぬ」

だから捨て置けないという考えらしかった。正紀ではないかもしれないが、そこは楽観視しない。

そんな話をした翌日の朝、正紀と佐名木が、正国から病間へ呼ばれた。

「隠居の届を、正式に出さねばならぬ」

枕元に座った二人の顔を交互に見てから、正国は言った。目に強い意志がこもっている。辞めたいわけではないが、体のことは自分でも分かっている。何事もないうちに、正紀に早く継がせたいということか。

すでに本家の浜松藩、分家の下妻藩、尾張藩や縁筋の高須藩、今尾藩などには内々に伝えてあった。表立って、異を唱える者はない。

公儀にも、病のことは届けてあった。二月の参勤を終えたお国入りは、延期を願い出て了承されていた。

「このままいけば正紀が跡を継ぐことに支障はないが、この先何が起こるか知れぬ。気を抜くな」

正国には気になる節があるらしかった。宗睦や睦群からも、言及があったことだ。

「ははっ」

正紀は、正国の期待を感じた。それは自分への思いでもある。婿ではあっても、血の繋がった叔父甥の関係だった。

「ご意志を、継ぎまする」

高岡藩を守ると伝えたつもりだ。

「本家と分家の動きから目をそらすな」

それだけ言うと、目を閉じた。これだけのやり取りでも、疲れた様子だった。気持ちを昂《たかぶ》らせることは、心の臓によくない。

「すでに支度はできております」

公儀へは、書類を提出するだけだと佐名木は言った。


昼近くになって、正森が高岡藩上屋敷に姿を現した。いつもながら、突然の訪問だ。井尻が慌てた様子で知らせてきた。

正紀が銚子の松岸屋と江戸のお鴇に、下妻藩の正棠が高岡の国許へ寄る旨を伝えていた。それを受けてのものと察せられた。

「正国の塩梅《あんばい》はいかがじゃ」

まともな挨拶も交わさないうちに尋ねてきた。すでに旅姿となっている。

正森はまず、正国の見舞いをした。それから客間で、正紀は佐名木と共に正森と向かい合った。

「あやつ、窶《やつ》れたのう」

「はっ」

返答に困った。その通りだと思うからだ。また正森の言葉には、案ずる気持ちも感じられた。

「あやつの背には、井上だけでなく尾張もあった。重かったであろう。奏者番も激務だからな」

正森が早く隠居の道を選んだのは、正国を通して尾張との確執があったからだと正紀は感じている。正森は、あくまでも井上家の血筋の者だ。しかし今は、そのしこりが窺えなかった。

確執はあっても、それはあくまでも尾張一門に対してであって、正国に対するものではなかったと感じられる。

正森は八十を超えながら、矍鑠《かくしやく》としていた。世のしがらみを捨てたから、のびのびと生きられるのか。正紀はそんなことを考えた。

「それにしても正棠のやつ、何を今さら高岡でわしを見舞うと言うのか」

ここで訪問の本題に入った。

「今までは、文一つ寄こさなかったくせに」

と正森は続けた。立腹の口ぶりだった。

「いきなりの、お申し越しで」

と答えるしかなかった。

「手間のかかることをさせおって」

何よりもそれが、気に入らない様子だった。八十二歳の老人は、たとえ短い間でも、束縛をされるのが大嫌いだ。

「何か、折り入ってお話しなさりたいことが、あるのでは」

と告げたのは佐名木だ。正棠は、意味のないことはしない。見舞いなど言い訳なのは明らかだ。

「ふん」

正森は顔を顰《しか》めた。口には出さないが、高岡藩次期藩主について、企みがあるのではないかと感じているはずだ。

「ともあれこれから、高岡に参ろう」

「ははっ」

「何を企んでいるのやら」

そう言い残すと、正森は屋敷から引き上げて行った。屋敷にいたのは、半刻にも満たない間だけだった。

正森が立ち去った後、佐名木はため息を吐いた。

「正森様は、正棠様の申し出に対して、どのような対応をなさるのでしょうか」

穏やかではない口ぶりだった。正紀廃嫡の話をすると踏んでの佐名木の言葉だった。

高岡にいなくてはならない正森だが、銚子にいて面体《めんてい》を見破られそうになった。そうなったら、正森と高岡藩は大打撃となったところだ。その窮地を救ったのが正紀だった。

以来正森は、正紀に心を許したかに見えた。

「そうだな」

正森が敵に回るとなると、厄介《やっかい》だ。先代藩主の発言は大きいし、反尾張であることは間違いない。正棠はそこを狙っている。

高岡藩の急所を衝いてきた。

五

「しかし何を仕掛けてくるのであろうか」

正紀は声に出した。正紀の御座所内で、佐名木と向かい合っている。

「今のままでは、どうあがこうと正紀様を廃嫡にすることはできませぬ」

と佐名木。たとえ六万石の大名浜松藩井上家本家でも、公儀に正式に届けられている世子を、無闇に廃嫡させることなどできない。

「誰もが納得できる理由《わけ》がなくてはなるまい」

「さようで」

佐名木は頷いた。

生半可なことでは、尾張が承知しない。こういうときの宗睦は、したたかだ。反尾張の者たちが事をなすなら、全力で潰しにかかるだろう。

「ここで思い当たるのは、山野辺殿が芝露月町の蕎麦屋で聞いてきた正紀様とおぼしい名のことでございます」

佐名木が口にした。京もこの件を気にしていた。

「うむ。正棠様の腹心園田がいて、松平乗完様の側用人加瀬の配下笠原がいたというのが怪しいな」

乗完が指図をするとは思えないが、加瀬あたりが正棠と組んで何か仕掛けてくることはないとは言えない。蕎麦屋の婆さんが耳にしたのが確かに正紀ならば、何かの企みに繋がるだろう。

しかも杉之助が一枚嚙んでいる。一介の商家でしかない東雲屋が絡んでいるとなると、おかしな組み合わせだ。

考えを整理するとき、正紀は京の意見を聞きたいと思う。正紀には気づかない部分に目を向けてくれる。この件については昨日伝えたばかりだが、早速奥へ行って、正森や佐名木と話した内容を伝えた。

「探るならば、東雲屋でございましょう」

話を聞いた京は、あっさりと言った。昨夜この件について、正紀とやり取りをした。それからあれこれ考えた様子だ。

「園田や笠原では、何もできますまい。高岡藩世子として、何か落ち度がおありならばともかく」

「そんなものがないのは、おまえが存じておろう」

とは返したが、脛《すね》に傷がないわけではない。江戸にいなければならない身が、病で奥に引きこもった形にして遠隔の地へ出向いた。大奥御年寄滝川を、密かに江戸から出したこともある。

けれどもそれらは細心の注意をもって行われ、明らかになっていない。気づかれたら、もっと早くに何かを仕掛けてきたはずだった。

「園田や笠原ではどうにもならないからこそ、杉之助も仲間に加わっているのでございましょう」

「なるほど」

正国の隠居届を正式に出すことになって、京はそのことについては安堵をしている様子だ。実の娘にしてみれば、余生を安らかに過ごしてほしいという気持ちがある。

長年の大坂暮らしがあり、奏者番の激務もあった。

正紀は、源之助と植村を伴って、永久島北新堀町へ出向いた。とはいっても、東雲屋では向こうに都合のいいことしか聞けないだろう。

どこで話を聞こうかと考えて、まずは木戸番小屋へ行くことにした。だがそこで、源之助が言った。

「東雲屋に変わったことがないかと訊いても、当たり障りのないことしか言えないのではないでしょうか」

「まさしく。何か企んでいたら、表に出すわけがないでしょうし」

植村も応じた。

「それもそうだな。表通りの者ならば、何か感じても、遠慮して言わぬかもしれぬな」

「どういたしましょう」

そこで前に山野辺が話を聞いた、箱崎町の裏店で青物屋を商う若女房と北新堀町の豆腐屋の爺さんに当たることにした。鋳掛屋の才蔵と話をした者である。

初めに青物屋の女房から、話を聞くことにした。横道に入ると、間口の狭い青物屋があって、若い女房が客らしい中年女と話をしていた。

「ちと、尋ねたい」

山野辺の名を出した上で、源之助が問いかけをした。小銭を入れたおひねりを渡している。女房は、まず巨漢の植村に目をやった。しかし何かを言うわけではなく、源之助に目を向けた。

「噂でもよい。東雲屋について、近頃何か耳にしたことはないか」

「そうですねえ」

おひねりを握りしめて、女房は首を傾げた。そして「ああ」と、小さな声を漏らした。

「見ているだけでは、東雲屋さんに変わったことはありません。でもあそこの手代が、宮津屋さんのお客を取ったという話は聞きました」

大きな事件があったから、客にも動揺があったと考えられる。これからは安定した仕入れができなくなるかもしれないなどと、番頭の杉之助あたりが言葉巧みにすり寄ったかもしれない。あるいはこの機に安値にして、気持ちを向けたとも考えられる。

しかし商人が他所の店から顧客を奪うのは、悪いことではない。商いとは、そういうものだろう。

話の間、女房はたびたび植村に目をやった。

「この者の体が大きいのが、気になるようだな」

正紀は世間話のつもりで口にした。

「そうですねえ。大きい方を連れたお侍を、このあたりで何度か見かけたことがあります」

「ほう」

宮津屋が襲われる前の、年の瀬の頃だ。深編笠を被った身なりのいい侍が、巨漢の供を連れて歩いていたのを見かけたそうな。

「よく、覚えているな」

「だってその大男は、河岸の道で、人足と悶着を起こして暴れたことがあるんですから」

前にそういう話を聞いた。

「宮津屋の用心棒河崎兵輔が、争いを収めた件だな」

「そうです」

巨漢は武家ではなく、相撲取り崩れの破落戸といった様相だったとか。

「顔を覚えているか。この者と似ているか」

正紀は植村に目をやった。女房は首を傾げた。

「似ているかどうかは、ちと分かりかねます」

顔つきよりも、植村の体の大きさが気になったらしい。その巨漢を思い出させたと分かった。

侍の方の顔は、深編笠を被っていたので分からない。

それから正紀と源之助、植村の三人は、近隣の町の魚油屋へ行った。そこで手代や小僧に問いかけて、仕入れ先がどこか聞いた。不審な目を向ける者には、山野辺の名を出した。おひねりの小銭も与えた。

「へえ。うちは仕入れ先が、宮津屋さんから東雲屋さんに変わりました」

三軒目で、そう答える小僧に出会った。年が明けてから、東雲屋の杉之助が訪ねて来たのだとか。主人と話をし、翌日から荷が運ばれて来た。

その小僧から、宮津屋と取引のある小売りの魚油屋の名を聞いた。それらの店へ行って、今の仕入れ先を尋ねた。

「うちはずっと、宮津屋さんです」

そういうところもあったが、宮津屋から東雲屋へ乗り替えた店が他にもあった。押し込みがあった後で、替えたものだ。

「値下げでもしてくれたのか」

「そうかもしれません」

小僧は、曖昧な表情になって答えた。詳しいことは、小僧では分からない。

近隣のいくつかの町で聞き込みをしてから、宮津屋へ行った。居合わせた弐兵衛に確かめた。

「ええ。東雲屋に取られています。人が困っているところで、酷いことをします。損を覚悟で、値下げをしたかもしれません」

恨みの顔になった。東雲屋が、宮津屋の劣勢を足掛かりにして、商いを大きくしようとしているのは間違いなさそうだった。

次に正紀らは、北新堀町の豆腐屋へ行った。そこの爺さんに問いかけた。ここでも山野辺の名は出した。

しかし新たなことは、何も聞けなかった。

立ち去ろうとしたとき、爺さんが正紀に向かって言った。

「前に北町の与力の旦那が見えたときに、話したことなんですが」

「何かね」

「宮津屋の前にいた鋳掛屋の顔ですけどね、誰かに似ていると思って気になっていました」

才蔵に似た顔という意味らしい。

「いつ頃の話か」

「もう十年以上も前のことですか」

「なるほど」

その話を、山野辺からは聞いていなかった。十年以上前では事件には関わらないと考えたから、話さなかったと察せられる。

「あのときは、思い出せなかったんですが、ようやく誰に似ているか分かりました」

「ともあれ、聞いておこう」

年寄りの昔話だが、爺さんは話したそうだった。

「数えてみたら、もう十三年も前の話ですけどね」

と断った上で続けた。

「同じ北新堀町に、房川屋という干鰯〆粕魚油問屋があったんですよ。宮津屋さんに劣らない店でしたよ」

東雲屋は、当時はまだ大店とはいえなかったと言い足した。

「房川屋など、今はないが」

「潰れたんですよ」

「何かあったのか」

「ええ。あの家は娘しかいなくて婿を取ったんですが、その婿が店の金五十両を奪って逃げたんです」

「ほう」

「しかもね、逃げるときに主人に見つかって、それを殺しちまった」

「それで婿は、どうなったのだ」

「逃げました。いまだに捕らえられたという話は聞きません」

事件は、未解決のままらしい。

「それはとんでもない事件だな」

同じ永久島でそんなことがあったとは驚いたが、そのときはまだ他所の話だった。

「その婿の顔に、あの鋳掛屋が似ていたんですよ」

「何だって」

どきりとした。全身が熱くなった。

「婿の名を、覚えているか」

早口になったのが分かった。唾が飛んだ。

「以蔵といったはずです」

盗人の長兄である以蔵は三十半ばの歳で、十三年前ならば、二十代前半だ。

「おおっ」

源之助が声を上げた。よほど魂消たらしい。植村も目を剝《む》いている。

とんでもないところから、宮津屋を襲った盗賊の正体が浮かび上がってきた。もし以蔵が五十両を奪い主《あるじ》を殺した婿だとしたら、界隈の土地鑑があり干鰯〆粕魚油の商いにも精通していたことになる。

六

「しかしなぜ主人である舅を殺し五十両を奪ったのか。いずれは大店の主人になれたはずだが」

　正紀は気持ちを落ち着かせて、豆腐屋の爺さんに問いかけた。

　以蔵は辛抱することは覚悟の上で、婿入りをしたはずだ。何事も、都合よくいくわけがない。正紀も覚悟を持って高岡藩の婿になった。

「もともと夫婦仲がよくなかったと聞きましたが」

　あれこれ噂はあったらしいが、詳細は分からないらしかった。

「それで房川屋は、潰れたわけか」

「主が殺され、婿は金を持って逃げたわけです。店はがたがたになったのでしょうねえ」

「まあそうであろうな」

　親類の者が引き継いだらしいが、二年後に潰れた。姑と家付きの女房は、いつの間にかいなくなり、店は東雲屋が買い取ったとか。

豆腐屋の爺さんが知っているのは、そこまでだった。

正紀ら三人は、呉服橋御門内の北町奉行所へ行った。自身番でもいいが、町奉行所には調べの結果が残されているはずだった。

半刻ほど待ったが、山野辺と会い、房川屋の話を伝えた。

「そんなことが、あったのか」

話を聞いた山野辺は目を輝かせた。十三年も前ならば、正紀も山野辺もまだ十歳にもならない子どもだった。

「よし。例繰方《れいくりかた》で検めよう」

御仕置裁許帳《おしおきさいきょちょう》と呼ばれるもので誰でも見られるわけではないが、山野辺は与力なので書庫に入ることができた。正紀も、内緒で同室した。

たくさんの書棚があって、年代と事件の内容によって綴りが重ねられている。綴りには、調べの詳細と処分の結果が記されている。先例を知るには欠かせないものだ。一つ一つ付箋《ふせん》がついているので、見分けやすくなっていた。

「これだ」

山野辺は、薄っぺらな綴りを棚から引っ張り出した。二人とも、記述を目で追ってゆく。

安永《あんえい》七年（一七七八）閏《うるう》七月のことだ。銚子の雇われ漁師の倅以蔵は、十一の歳に北新堀町の干鰯〆粕魚油問屋房川屋に奉公した。成長して二十二歳になったとき、商いの才と度胸を認められ十八歳になる一人娘のお佐和《さわ》の婿になった。

以蔵には、婿入りする前から好いていた当時十九歳だったお由《よし》がいた。これとは切れず一年が過ぎ、その腹には子が宿っていた。密かに日本橋松島《まつしま》町で長屋住まいをさせていたが、女房や店の者に知られるところとなった。

以蔵は離縁され、店から身一つで追い出される羽目に陥《おちい》った。身重の女を抱えて二進《にっち》も三進《さっち》もいかない以蔵は、店の金五十両を奪って逃げようとしたが、主人に見つかりこれを殺害した。夜の四つ前のことで、翌早朝には、荷物を持って店を出る運びだった。

主人を殺し五十両を懐にした以蔵は、そのままお由を連れて、近くの船着場に舫《もや》ってあった舟を使って逃げた。

捕り方は八方手を尽くして捜したが、行き先は不明のままだった。江戸を出たと判断した。

事件後、担当した北町奉行は高崎《たかさき》藩銚子役所に調べを依頼したが、そのときには弟二人は銚子から姿を消していた。すでに両親は亡く、二人の弟は、累が及ぶのを怖れて逃げたと推量できた。弟二人の行方も、以後不明のままとなっているので、充分な調べもできなかった。

江戸にも生まれ在所の銚子にも以蔵がいる気配はなく、探索は頓挫《とんざ》した形になった。探索をおこなったのは紺野倉次郎《こんのくらじろう》という同心で、そろそろ六十歳になるがまだ北町奉行所にいた。白髪《しらが》で日焼けをしているが、膚《はだ》には艶があって、歳には見えなかった。

そこで話を聞くことにした。書庫の外で待っていた源之助と植村には、記録の概要を伝え、同室させた。

「以蔵は度胸もありやり手の商人だったのは、間違いありません。先が楽しみだと言われていました」

「店を大きくできる婿と望まれていたのですな」

「そういうことですが、舅や女房のお佐和は、以蔵を婿ではなく奉公人扱いしかしていませんでした」

取り立てて珍しい話とはいえない。

「お佐和は、以蔵が気に入らなかったのであろうか」

「まあそうでしょう。しょせんは、小僧上がりの奉公人です」

お佐和はもともと傲岸《ごうがん》な質《たち》で、婿となっても奉公人扱いのままだったとか。舅も人使いは荒かった。

「不満もあって、お由とは離れられなかったのでしょうな」

紺野は、同情の混じった口調で言った。しかしお由との関係を房川屋に隠し通すことはできなかった。世間の目は、噂の種を面白がる。

「お佐和は、許さなかったわけだな」

金でお由と手を切らせることも、できなかったわけではないだろう。けれどもそれはなかった。

「そうでしょう。もともと夫婦としての情はなかったようでござる」

舅は、首に腕を回して殺した。いくら追い詰められても、恩義を感じている相手ならば、できないことと思われる。

「積年の恨みが、あったわけだな」

「そうかもしれませぬ。逃げ出したときに、河岸道にお由を待たせていました」

金を奪って逃げるつもりだった。主を殺したのは成り行きだと察せられるが、企みは初めからのものだ。

「お由は、身重でありながら逐電《ちくでん》したのだな」

「まあお由も、逃げるしかないと踏んだのでしょう」

残れば、お佐和や房川屋に何をされるか分からない。生まれた子と二人だけで生きてゆく道はないだろう。

「逃げたのは、舟だというが」

「そうです。舫ってあった小舟を使いました。慌てていたのでしょう、用意していたのとは違う舟に乗り込みました」

「違う舟とは」

「隣の東雲屋の舟です」

「逃げられれば、何でもよかったのだろうな」

金子を奪うのは企みだったが、主殺《しゅうごろ》しは予期せぬ出来事だったのだろう。

「そうでしょう」

正紀の問いかけに、紺野は応じた。

「その様子を見ていた者は、他にいないのか」

「いました。東雲屋の主人伝五郎です」

隣家の騒ぎに気づいて、河岸道へ出た。

「そのとき、岸を離れて行く小舟を見たそうです」

船首は江戸の海に向けられていた。房川屋の手代らが通りに出てきたときには、船影は闇の中に紛れていたとか。

捕り方はすぐに、高崎藩の銚子役所へも調べを依頼した。

「以蔵が自ら銚子へ行ったか、文で伝えたかは分からないが、銚子役所の侍が顔を出す前日に二人の弟はいなくなってます」

「他に縁者はいなかったのだな」

「遠縁の者はいたでしょうが、他人のようなもので」

二人の弟は、銚子では貧しい暮らしをしていたらしい。自前の舟を持たない、雇われ漁師だ。危険な荒波でも、銭のためには漁船に乗っただろう。

兄は重罪人となったが、声をかけられた二人の弟は喜んで銚子を出たに違いなかった。以蔵は五十両という大金を持っていた。

女房子どもや弟を含めて、当分は食べていける。

「その二年後に、房川屋は潰れたと聞いたが」

「ええ。奪われた五十両は大きいでしょうが、それだけでは潰れませぬ。とはいえ主人と以蔵がいなくなったのは、痛手だったのではないでしょうか」

もともと主人一家は、奢侈《しゃし》な暮らしをしていた。

「以蔵は使える婿だったと、失ってから、その力がお佐和とやらも分かったのかもしれないが」

「そこに東雲屋が、乗り出しました」

「客や仕入れ先を奪ったわけだな」

「そういうところでしょう」

姑とお佐和は、姑の実家に引き取られたとか。これはやむなしといったところだろう。その後のことは分からない。

三人の賊の、背景がようやく見えた。

第五章　偽証の罠

一

　正紀と山野辺、源之助と植村の四人は、与力の詰所で話をした。山野辺が出涸《でが》らしの茶を淹《い》れてきた。

「紺野殿の話からすると、以蔵と東雲屋伝五郎は前から知り合いだったことになるな」

「うむ。杉之助とも歳は近いし話くらいはしたであろう。隣同士ならば、昵懇だったかもしれぬぞ」

　正紀の言葉に、山野辺が応じた。

「ひょっとして以蔵は、最近どこかで伝五郎に会ったのかもしれませんね。偶然かどうかは分かりませぬが」

「東雲屋は、金を奪った人殺しと知って、以蔵たちと関わったことになります。三田寺町の福徳寺も、杉之助が世話をしたのではないでしょうか」

源之助と植村が続けた。

「それにしても解せぬ。東雲屋が宮津屋襲撃に力を貸したのは、まだ分かる。しかし次の襲撃の手助けまでするとは、どういうことか」

以前から、正紀が気になっていたことだ。

「いかにも。園田や笠原までが関わっているのは、さらにおかしい」

山野辺が応じると、首を傾げていた植村が言った。

「どこかの店に押し込む企みではないかもしれませぬ」

「では何か」

植村が口にしたことは、ありえないとはいえない。ただそうなると、見当もつかない。一同は、無言のまましばし首を傾げ合った。

そして源之助が、はっとした顔になった。

「やはり、どこかを襲うと考えるのが妥当かと存じます」

「まあ、そうでしょうね」

植村も、固執はしない。源之助が返した。

「襲うのは、また干鰯〆粕魚油問屋ではありませんか。そこが傾けば、東雲屋にとって利がありますす」

「うむ。宮津屋のときのように、客と仕入れ先を奪ってゆくわけか」

「ないとは言えぬな」

と山野辺。

「ならばそこを、当たってみましょう」

源之助が言った。植村も頷いた。


町奉行所を出た正紀と源之助、植村の三人は、箱崎町へ向かった。干鰯〆粕魚油問屋は、江戸中に限りなくある。一つ一つ当たっていては、捜し出す前に、新たな強奪が行われてしまうだろう。

「では襲われそうな店を、宮津屋で訊いてみましょう」

源之助の言葉に、正紀は頷いた。

宮津屋では、跡取りの富作は留守だった。番頭の弐兵衛が相手をした。訪ねても、必ず富作か弐兵衛のどちらかは外廻りをしていた。

「何割かは調達できたのですがね、まだまだです。それに今は、金策だけでは済まなくなっています」

「ほう」

「若旦那と私は、毎日お得意先を廻っております。東雲屋が、うちの客を奪おうとしていますんでね」

弐兵衛は不快さを隠さない顔で言った。

源之助が、房川屋について尋ねた。

「もちろん、覚えています。昔の大店です。でもあそこもいろいろあって、東雲屋に客や仕入れ先を取られたんですよ」

腹立たしげなのは、今の店の苦境があるからか。房川屋のことは初めて口にしたが、事件のことは覚えていると言った。話さなかったのは、同じ事件でも、身内の悶着が原因だったからだという。

「あの婿は、やり手でしたけどね。家付き娘が相手にしていなかった。あれじゃあ、好いた女がいたら、手放さないだろうと話しました」

以蔵については、それきり噂も聞かないとか。

「もし東雲屋が次に狙いをつけるとしたら、どこの問屋か」

口外はするなと念を押した上で、肝心なことを尋ねた。

「そうですねえ」

弐兵衛は腕組みをして考え込んだ。東雲屋が憎いからか、精いっぱい力を貸そうとしていた。

「客や仕入れ先を奪おうとするならば、主人の家に何か悶着があるか、借金があって、それで追い詰められている店となるでしょうね」

まあそうなるだろう。

「借金の方は置いて、悶着はどうか」

金のないところならば、以蔵と寅蔵は襲わない。

「思い当たるのは、二軒です。一軒は南八丁堀二丁目の下田屋《しもだ》と深川東永代町《ひがしえいたい》にある問屋鹿島屋《かしま》です」

どちらも跡取りに問題があるとか。弐兵衛はそのまま続けた。

「下田屋さんは、強気な商いをなさいます。ときには小売りの客を泣かせます」

「それでは、客は離れるのではないのか」

「資金がありますからね、在庫は豊富です。客には、不満もあるはずですが、確かな仕入れができれば、多少の無理も受け入れなくてはならないでしょう」

「そこに、うちの方が安く確かに仕入れられますよと売り込むのだな」

弐兵衛は頷いた。さらに、若旦那が遊び人だと付け加えた。

「家業に身が入らないわけだな」

「そうです。吉原《よしわら》通いが止まらないとか。そこが下田屋にとって頭が痛いところですね」

「もう一軒の方はどうか」

「鹿島屋さんには、本妻と囲い者の両方に子があります」

「主人の気持ち次第であろうが、揉めそうだな」

「揉めている店は、奉公人が二手に分かれて争いますから、どうしても商いの方が手薄になります」

「いかにも。そうであろう」

おまけに主人が殺されれば、さしもの大店も屋台骨に罅《ひび》が入る。

「町の者は、中の悶着に気がつくのでは」

「ある程度は、つくかもしれません。ただ金子のあるなしまでは、分からないでしょう」

「なるほど」

「同業ならば、気づきます。まして探っていたら、ある程度の金高も、見当がつくかもしれません」

「ならば東雲屋も、気づいていると考えてよいな」

「そう思いますが」

下田屋も鹿島屋も、当たってみる価値はありそうだった。

それでまず正紀ら三人は、下田屋へ行った。八丁堀の南河岸で、間口五間（約九メートル）の店だ。店の主人と若旦那の顔を確かめた。若旦那は二十二、三の歳で、のっぺりした顔に見えた。精悍な主人の顔つきとはだいぶ違う。

周辺で聞き込んでみると、弐兵衛が口にしたことは、間違いなかった。

「若旦那は、夕方になるとそわそわするようですよ」

木戸番小屋の番人の女房が言った。

「悪いやつが近づいていないか」

おだてて遊ばせて、店のことを聞き出そうとするかもしれない。

「そういえば、遊び人みたいな人と歩いているのを見たことがありますよ」

これだけではどうにもならないが、何もないとは言えなそうだった。

二

正紀と源之助、植村の三人は、永代橋を東へ渡って、深川東永代町の鹿島屋へ行った。ここは油堀西横川《あぶらぼりにしよこがわ》の東河岸で、鹿島屋は間口が五間半（約十メートル）ほど、下田屋とほぼ同じくらいの規模の店構えだった。

ここでもまずは木戸番小屋へ行って、初老の番人におひねりを与えて鹿島屋について正紀が尋ねた。

「ご主人は錦次郎《きんじろう》さんといって、腰の低い人なんですがねえ」

番人はため息を吐いた。三十七歳の主人はやり手で、町の旦那衆としては申し分ない。しかし妾《めかけ》に赤子を産ませたことは、界隈では公然の秘密になっていると漏らした。そのせいで評判を落としている。

とはいえ商いは、繁盛しているはずだと言い足した。しっかり者の番頭がついている。

「女房とは不仲なのか」

「仲がいいわけは、ないでしょうよ。でもこちらには七歳になる跡取りがいますから、離別するわけにもいかないんじゃあないですか」

幼くても、賢い子だと評判らしい。

町内の古着屋の女房と仏具屋の隠居からも話を聞いた。どちらも口にしたことは、おおむね木戸番の番人と同じものだった。

商いに関する詳しいことは分からない。それでも深川元町《もとちょう》に妾宅《しょうたく》があるのは分かった。

「家の中は、さぞかし重苦しいでしょうねえ。しかしそれで襲うでしょうか」

源之助がため息を一つ吐いてから漏らした。佐名木夫婦は、仲睦《なかむつ》まじい。

「ただどちらも掘割に面していますので、襲った後で、逃げやすいと思います」

植村が言うことも頷けた。

店を見ていると、中年の客が出てきた。念のため、声をかけて鹿島屋の商いについて訊いてみることにした。相手は魚油の小売りだった。

おひねりは渡さないが、ぞんざいな口の利き方はしなかった。供侍を連れた正紀の身なりはいいので、相手は問いかけに嫌な顔はしなかった。

「身内のごたごたはあるらしいですが、商いでこちらが困ることはありません」

「ごたごたとは、囲い者のことだな」

分かっていても言ってみた。

「まあ、それもあるんでしょうが」

煮え切らない言い方になった。囲い者の件以外に、何か知っているらしい。

「何があるのか」

「いえいえ。こちらの方は、片がついたと聞きましたが」

小指を立てた。

「ほう」

弐兵衛は口にしていなかった。中年の客は鹿島屋との取引がよほど長いのか。

「いや、詳しいことは何とも」

客は逃げるようにして行ってしまった。余計なことを言ってしまったと思ったのかもしれない。

そこで正紀ら三人は、深川元町の妾宅へ行ってみることにした。新大橋《しんおおはし》に近い町だ。向かい側は御籾蔵《おもみぐら》で、片側町《かたかわまち》だ。商家よりも、落ち着いた家が並んでいる。金持ちの隠居所か妾宅か、瀟洒な建物もあった。

「人の気配がありませんね」

聞いていた妾宅は百坪ほどの敷地で、しんとしている。垣根の中を覗いた植村が言った。

古いが、それなりの建物だ。木戸門のあたりに落ち葉が積もっていて、空き家なのは間違いなさそうだった。

そこで自身番へ足を向けた。正紀は山野辺の名を出して問いかけた。

「鹿島屋さんは、高額の金子を渡して縁切りをしたと聞きますよ。それには本妻さんの意向もあったとかで」

「いつのことだ」

「年末でした」

「となると、鹿島屋に悶着の種はなくなったわけだな」

「そうなりますがねえ」

白髪の書役は奥歯にものの挟まった言い方だ。

「鹿島屋は、金で無理をしたのではないか」

いきなり言い出したのは、植村だった。的外れなことを口にするのは珍しくないが、これはなるほどと思える問いかけだった。

「存じておるか」

「まあ、そんなような話は聞きましたが」

書役は、詳しいことは知らないがとした上で答えた。

「どこかで借りたのであろうか」

「そうじゃないですか」

「貸した者が誰か分かるか」

「さあ」

書役は首を横に振った。あるいは、商いのための金を使ったのかもしれない。

「金がないとなると、以蔵と寅蔵が襲うことはありませぬな」

源之助が言った。正紀もそう考えた。この日は、それで屋敷へ戻った。

正紀は、いつものように京にその顚末《てんまつ》を話した。話を聞き終えた京は、しばらく思《し》案《あん》するふうを見せてから口を開いた。

「借りた金子は、返さねばなりませぬ」

「それはそうだ」

「長く借りれば、額は嵩《かさ》みます。賢い商人は、すぐに返すのではないですか」

「うむ」

「いくら借りたかは存じませぬが、返済日には金子が鹿島屋にあると存じます」

「なるほど」

「いつでございましょう。そこは、はっきりさせなくてはなりますまい。これは、手早くなさいまし」

当然のことだろうという言い方だった。久しぶりに、上からの物言いだ。

「では早速明日にでも調べてみよう」

翌日正紀は、高坂を伴って北町奉行所へ行った。源之助と植村は、もう少し下田屋を当たらせることにした。若旦那の周辺を洗わせる。おかしな者がいたら、それが東雲屋に繋がらないか調べさせる。

正紀は山野辺に会って、昨日の二軒の調べの結果と京の言葉を伝えた。

「なるほど、鹿島屋の借金について確かめよう」

与力として問い質しをする。これならば、問われたことは答えなくてはならない。

三人で、鹿島屋へ行った。

「お恥ずかしい話でございます」

主人の錦次郎は、面目《めんぼく》なさそうな顔で頷いた。隠し立てはしなかった。相手が町奉行所の与力だからだろう。

「はい。金子を百両渡しました。親子の暮らしが立つようにしてやったわけでございます」

手切れ金と養育費ということだ。女はおミツといい、二十二歳だそうな。根津権現《ねづごんげん》門前町で小間物の店を開くとか。

「親子に未練はないのか」

調べに関わりのないことだが、正紀は訊いてみた。誰が産んだのであれ、自分の子どもには違いない。

「それは、私のいたらぬところで」

顔に困惑の色を浮かべた。何かがあったら、子どもの役には立つつもりだと言い足した。

錦次郎の女房は、妾の後始末を受け入れた。その心情は、正紀には理解できない。錦次郎と同じことを正紀がしたら、京は心を閉ざすだろう。

閉ざした上で、女房は錦次郎と暮らすのか。重い気持ちになるが、それについては、何も言えない。

「金は、どう工面したのか」

「町の金貸しから利息付きで借りました。これまでも急に入用になって、手元にないとき借りていました」

高利貸しではないそうな。

「もちろん、返す目処《めど》はあったのであろうか」

「商いの金が入ります。また無利子で親類からも借ります」

百両は高額だが、借りるのは短期間だと続けた。

「では、返済日は」

「三日後でございます」

その前日の夜には、鹿島屋には百両があることになる。これは思いがけない展開だ。

「そのことを、他に誰が知っているのか」

「まさか、そのようなことは。女房と店の番頭以外は知りません」

それはそうだと頷いた。

「では、どこかの問屋が知っていることはないか」

東雲屋の名は出さなかったが、何があるかは分からない。

「まさか」

主人は笑って首を横に振った。だがその疑問は消えなかった。

そこで金の貸し手を訊いた。深川六間堀町の弥之助《やのすけ》という者だった。

「おぬしがそこから借りていることを、知っている同業はいるか」

「それならば、知っている者はいるかもしれません。借りている者は、他にもいました」

「東雲屋はどうか」

「はて」

そこまでは分からない。

正紀ら三人は、弥之助のところへ行った。六間堀川は大川に並行して、竪川と小名《おな》木《ぎ》川を繋ぐ掘割だ。

「はい。鹿島屋さんに、ご用立てをさせていただきました」

弥之助も、金のことは正直に認めた。後ろめたいことなどないぞという顔だ。そこで山野辺は尋ねた。

「東雲屋は来なかったか」

「おいでになりました」

「金を借りに来たのだな」

これを確かめなくてはならない。

「そうです」

「いつだ」

「四日前です」

弥之助は、何のためらいもなく答えている。後ろめたさはない。

「貸したのか」

「百両ということで、すぐにはちょっとと申しました」

金貸しとはいっても、百両は大金だ。右から左へどうぞというわけにはいかない。

「それでどうした」

「七日後ならば、百両が入るので貸せますと話しました」

「そうか」

正紀と山野辺は顔を見合わせた。東雲屋は、二日後の夜には鹿島屋に百両があることを知っていることになる。

「東雲屋は、鹿島屋の内情について調べたのであろうな」

正紀は、自信をもって言った。

三

源之助は、植村と共に朝から根津権現門前町へ出向いた。おミツが商う小間物屋へ行ったのである。正紀から命じられた。

昨日は下田屋周辺で、若旦那の行状について聞き込みを行った。若旦那の博奕《ばくち》仲間二人が浮かんだが、どこをどう洗っても東雲屋や以蔵や寅蔵らしい者に繋がる話を聞くことはできなかった。

屋敷に戻って、源之助は正紀から鹿島屋の話を聞いた。

「それですね」

胸が躍った。念を入れて、おミツのもとへ誰かが聞き込みに来ていないか確かめに来たのだった。

表通りとはいえ間口二間の小店である。年が明けてから商いを始めた。店の敷居を跨ぐと、初老の女が店の品にはたきをかけていた。店の奥から、赤子の泣き声が聞こえた。おミツの母親らしい。

「つかぬことを訊くが」

源之助が、手土産《てみやげ》代わりの饅頭《まんじゆう》を与えてから問いかけをした。偉そうな態度は取らないが、北町奉行所与力の山野辺の名は出した。女は畏《おそ》れ入った顔になって頭を下げた。

「不審な者が、この店を持つにあたっての顚末を訊きに来なかったであろうか」

「いえ、来ません。来たって、赤の他人に話すわけがないじゃないですか」

それはそうだろう。

「ならば、様子を探るような者は来なかったわけだな」

「新しい店ですから、そういう人はいましたよ。いろいろ品を見て、買わないで帰った人も結構いました。でもそれだけのことじゃないですか」

買わないのは不満だが、仕方がないという顔だった。そこで「あっ」と何か気がついたらしく、植村に顔を向けた。

「こちらのお武家さんのように、体の大きな人が、店を覗いていたことはあります」

何かをされたわけではないそうな。ただ巨漢だったので目についた。

源之助と植村は顔を見合わせた。巨漢の者は、他の場所にも姿を見せていた。不気味だった。ここでは侍姿で、深編笠を被っていた。顔は分からない。

「前に現れた、巨漢の破落戸とは違うのか」

「どうでしょう」

源之助の言葉に、植村は気味悪そうな顔をした。巨漢は、何も喋《しゃべ》らなかったとか。

それから店舗の大家のところへ行った。店は借《か》り店《だな》だった。ここでは手土産は出さず、与力山野辺の依頼を受けた形で問いかけをした。

「おミツさんにお貸しした店は、弥之助さんの口利きがあってのことです」

大家は五十年配の、髪の薄い小太りの者だ。その口から弥之助という名を聞いても、源之助はすぐには誰か思い出せなかった。数呼吸する間頭を捻って、鹿島屋に金を貸した者だと思い出した。

「その弥之助さんの知り合いだとおっしゃって、東雲屋の杉之助さんという方が見えました」

店を近い将来借りたいので、入手に必要な金子はどれくらいかかるかと尋ねられたとか。

「どう答えたのか」

「店賃だけでなく、いろいろな仕入れもあって、百両くらいではないかという話はいたしました。もちろん、場所や条件によって店賃は変わりますが」

「それで、何と答えたのか」

「自分も、弥之助さんから借りようかと、笑っていました」

杉之助は、鹿島屋の借金のことを確かめに来たのだと察せられた。したたかなやつだ。

昨日の正紀らの調べの、裏が取れたと確信した。根津まで足を向けたのは、無駄ではなかった。

源之助と植村は、藩邸の長屋門が見えるあたりまで戻ってきた。

「はて」

屋敷の門前に、定町廻り同心がいる。

「様子を探っているように見えますな」

と植村。それで源之助は思い出した。前にも屋敷前で、定町廻り同心の姿を目にしたことがあった。あのときは後ろ姿で、顔は見えなかった。

面体を確かめた。中肉中背《ちゅうにくちゅうぜい》で四十代後半くらいの歳か。近寄ったところで、同心がこちらに気づいた。

何事もなかったような顔で、門前から離れた。

「待たれよ」

気になったので、源之助は声をかけた。定町廻り同心が大名屋敷を探るなど、考えられないことだ。

「屋敷に何か、用があったのであろうか」

「いえ、通りかかっただけでござりまする」

下手に出た言い方だった。

「前にも、見たぞ」

年上でも、ここでは下手には出ない。不審な動きだ。

「さあ、存じませんが」

しらっとした言い方だ。

「名を聞いておこう」

屋敷を探っていたのは間違いない。何もなくて、そのようなことはしない。

「南町の塚本と申します」

言い残すと、足早に立ち去って行った。南町奉行所の塚本という名に、聞き覚えがあった。宮津屋襲撃を探る南町の同心がいると、山野辺が話していた。その名が塚本だった。

「何のためにそのようなことをするのか」

不気味な存在ではあった。

四

鹿島屋が弥之助に返済をする前日となった。夜明け前から、しとしとと雨が降っていた。肌寒い。

主人錦次郎が親類から借りた二十三両を懐にして、店に戻ってきた。一人ではなく、屈強な小僧を供に連れていた。

「これで百両が揃いました」

正紀の顔を見ると、そう告げた。

「よし。後は夜が更けるのを待つだけだな」

「はっ」

錦次郎は顔を強張らせた。鹿島屋には、正紀の他に源之助と植村、それに高坂と青山が顔を見せていた。

朝から一人ずつ、裏口から建物の中に入った。店の女子たちは、他所に泊まらせる。正紀と山野辺は、今夜以蔵と寅蔵が押し入ると踏んで待つ構えだった。錦次郎の寝室の隣で、庭に面した部屋に入った。

建物の中を、正紀は検めた。

「まさか東雲屋さんが賊の手引きなど」

初め錦次郎は、襲撃を信じなかった。正紀と山野辺で、怪しむ理由を詳細に伝えた。おミツのもとへ杉之助が訪ねたことも伝えた。

「襲われる虞《おそれ》は、極めて高いぞ」

「おっしゃる通りにいたします」

錦次郎は背筋を震わせて言った。自分の店が襲われてはかなわないと感じたのだろう。宮津屋が被害に遭って、まだ間もないところだ。

「さすがに園田や笠原は手を貸さぬであろうが、杉之助は何か手助けをするかもしれぬ」

「浪人者や無宿者を雇うかもしれませんね」

正紀の言葉に源之助が返した。それは計算に入れている。鹿島屋の敷地内には北町奉行所の捕り方はいないが、隣家や周辺には山野辺の手の者が控えていた。高張提灯《たかはりぢょうちん》や龕灯《がんどう》の用意もできている。

店は油堀西横川の河岸に面していた。舟で逃げることも想定して、追跡用の空船も船着場に置いていた。

「万全な態勢だ」

山野辺は胸を張った。

夕暮れどきになって、雨が止《や》んだ。西空が、赤黒く滲《にじ》んだ。数羽の烏《からす》が、鳴きながら飛んで行った。

鹿島屋の戸は、いつもと同じ刻限に閉めた。外からは、特別なことは何もないように見えるはずだった。

店の台所には、握り飯の用意ができている。各自が、それぞれに腹ごしらえをした。夜明かしになると、皆覚悟はできていた。

建物の中で、外の物音に耳を澄ませた。風の音があり、たまに野良犬《のらいぬ》の遠吠えが聞こえた。

夜四つの鐘が鳴った。胸に染みるような音だった。源之助も植村も、緊張を隠せない。

正紀は、河岸道の見える二階から、下を見張っていた。闇の中に、何かが動く気配はなかった。それでも、目を凝らし続ける。目が、闇に慣れてきた。

「おっ」

闇の中を、動くものが見えた。隣で見ていた源之助が、生唾《なまつば》を呑み込む音が聞こえた。

二つの黒い影がこちらに近づいてきて、周囲を窺いながら建物に駆け寄った。音は見事に聞こえない。外には山野辺ら捕り方も潜んでいるが、捕らえるのは犯行に及んでからと打ち合わせはできていた。

二階から見下ろしていた正紀たちは、その段階で持ち場につく。

龕灯の用意もできていた。賊が押し込んだ直後、部屋の明かりをつけ、庭と店前の河岸道には篝火《かがりび》を焚《た》く。さらには高張提灯を立てる。賊を、闇の中に逃げ込ませないためだ。

正紀らは、建物内の闇に身を潜めた。すでに刀の鯉口《こいぐち》は切っている。

賊が塀を乗り越えたのが、気配で分かった。

一瞬の後、外から雨戸が一枚開けられた。何者かが廊下に踏み込んだところで、正紀は叫んだ。

「照らせ」

四つの龕灯が、黒装束の二人の姿を照らした。顔も黒布で覆っている。

「くそっ」

呻いた賊の一人が、庭に飛び出した。逃げる動きに迷いはない。もう一人も、後に続いた。

賊を照らす高張提灯。篝火にも火をつけた。これらの作業は、高坂の指図で、奉公人が行っている。

賊二人は、別々に逃げる。そういう段取りらしかった。一人の賊は、篝火の傍にいた高坂に躍りかかった。抜き放った長脇差を、一気に突き込んだ。

「うむ」

切っ先は右の二の腕を斬り裂いたらしかった。素早い動きだった。

その勢いで、庭の外へ出ようとする。その前に、正紀が立ち塞がった。このときもう一人の賊は、屋根に上がった。驚くほど身軽だった。正紀は、それにはかまっていられない。

「くたばれ」

賊の一撃が、正紀の脳天を狙って振り下ろされてきた。正紀はこの刀身を撥ね上げ、動きを止めずに相手の小手を打った。しかし刀身は、空を斬っただけだった。

体が交差した。賊は打ち込んでは来ず、そのまま裏木戸へ走った。このまま戦うのは不利と察しているらしかった。

「ひいっ」

木戸口にいた手代が、慌てて避けた。奉公人たちには、戦うなと伝えていた。命を失ってはならない。

賊は塀の外へ走り出た。河岸道に向かっている。正紀はこれを追った。逃がすつもりはない。梯子《はしご》を手にした植村も追ってくる。

河岸の道に出た。ここには、山野辺らが待機していた。高張提灯もあたりを照らしていた。

「くそっ」

逃げられないと察した賊は、呻いた。

追いついた正紀が、再び前に立った。歯向かうならば、とことんやるつもりだ。

「やっ」

長脇差の刀身を突き出してきた。喉首を狙っている。賊は、戦うと決めたようだ。

正紀は賊の刀身を横に払って、目の前に現れた肘《ひじ》を突こうとした。しかし賊は横に跳んで正紀の切っ先を躱《かわ》した。それを見込んでいた正紀は、動きを止めず刀身を賊の肩先に向けて押し出した。

けれども相手の動きは迅速だった。押し出した切っ先を払いもしないで斜め前に飛び出すと、正紀の首を目指して長脇差を薙《な》いできた。

微かな隙も逃さない。見事な喧嘩剣法だ。

とはいえ正紀は、神道無念流を学んだ剣客だ。喧嘩剣法ごときに引けは取らない。

「たあっ」

薙いできた刀を払い上げると、さらに前に踏み込んだ。小手を打つ動きに転じたが、賊もその動きを察したらしく、体を斜めにずらして逆に正紀の小手を打ってきた。

けれどもその動きこそが、正紀が待っていたものだった。

正紀は迫ってくる切っ先を払わず、刀身を絡ませた。ぎりぎりと金属の擦れ合う音。肩と肩がぶつかるほどになったところで、刀身を一気に引いた。

賊の体が、それでぐらついた。無防備な肘が目の前に現れた。それ目がけて、正紀は刀身を振り下ろした。

「ううっ」

手応えがあった。正紀の刀が、賊の肘を裁ち割っていた。血が飛んでいる。賊は手にあった長脇差を落とした。

周囲にいた山野辺の配下が一斉に躍りかかった。賊はなすすべがなかった。

「逃がすな」

山野辺の声が響いている。刀と刀がぶつかる金属音が、空から降ってきていた。

正紀が見上げると、屋根に逃げたもう一人の賊がいて、追いかけて上った源之助と刃を交えていた。青山も屋根に上っていたが、場所が狭いので二人ではかかれない。

雨上がりの瓦《かわら》屋根は滑る。源之助も神道無念流免許の腕だが、悪い足場にもたついていた。

賊が長脇差で源之助の肩に斬りつけた。地上ならばわけなく斬り返すところだが、それがうまくいかなかった。

賊は濡れた屋根瓦の上でも、動きに無駄がない。こういう修羅場を、いくつも越えてきたのかもしれなかった。

「慌てるな。徐々に追い詰めろ」

正紀は叫んだ。

高張提灯が、屋根の上の三人を照らしている。青山が横に回り込んで、賊に斬りかかろうとしたが、足を滑らせた。下に落ちなかったのが幸いだ。

源之助はまだ攻撃できる体勢になかった。それを見て取った賊は、体の向きを変えると走り出した。瓦を踏む音が、闇夜に響く。

建物の端まで行った。追い詰めたと思ったが、賊は体を宙に躍らせた。

「おおっ」

賊は隣の納屋の屋根に飛び移った。その身軽さに、正紀は仰天した。そのまま進んで、さらに隣の家の屋根に飛び移った。

「うわっ」

追いかけた源之助は、隣の納屋に飛び移れず路地へ落ちた。慌てて足を滑らせたようだ。

後から挑んだ青山は、どうにか飛び移ることができた。

けれどもその間にも、賊は次の屋根に飛び移ろうとしていた。追う青山だが、身軽さでは敵《かな》わない。

「追えっ」

山野辺が叫び、捕り方が河岸道を走る。高張提灯を手にした者たちも続いた。

正紀も追った。仙台堀《せんだいぼり》の方向だ。

しかし東永代町と隣の永堀町《ながほり》の間には町木戸があり、閉じられていた。賊はかまわず塀も乗り越えた。そして地上へ下りて、道を駆けた。

「木戸を開けろ」

山野辺が叫んだ。その間にも、賊は逃げる。木戸が開かれて、捕り方は追った。しかしその間に、賊は提灯に照らされない闇の中へ駆け込んで行く。

ついには、仙台堀河岸に出た模様だった。

闇の中でも、賊が船着場に駆け込んだのが分かった。舫ってあった舟に飛び乗ったようだ。

「おのれっ」

逃すわけにはいかない。正紀も、仙台堀河岸へ駆け込んだ。しかし船着場から舟に乗り込んだ賊は、水面《みなも》に滑り出ていた。

大川方面に向かって行く。

そこへ鹿島屋前の船着場で潜んでいた、山野辺配下の舟が漕ぎ寄せてきた。舟の動きは、賊に追いついていない。賊が屋根を伝って、逃げることを想定していなかったからか。

正紀は舟に乗り込んだ。

賊を乗せた舟は、闇に紛れて進んで行く。捕り方の舟も、艪《ろ》の音を軋ませた。しかし賊の舟は、追いつく前に大川に出てしまった。

「どうしましょう」

艪を握った捕り方が言った。目の前には、闇が広がるばかりだ。

夜の大川に出た賊を追いかけることはできなかった。

「ここまで追い詰めながら」

正紀は、奥歯を嚙みしめた。取り逃がしたのは無念だが、どうしようもなかった。

鹿島屋の前に戻った。

山野辺の配下は、捕らえた賊を縛り上げていた。顔の布を毟《むし》り取っても、以蔵なのか寅蔵なのかは分からない。ただ似顔絵に似ているのは確かだった。

宮津屋襲撃前に賊の一人が泊まった旅籠三善屋の番頭を呼んだ。

「泊まったのは、この人です」

それで捕らえた賊は、以蔵だと分かった。逃げた方が、寅蔵ということになる。以蔵を、深川鞘番所《さやばんしょ》へ移した。

五

山野辺と吟味方《ぎんみかた》与力が、問い質しを行った。周りは板壁で、屋根に明かり取りの窓があるだけの部屋だ。竹刀が一本床に転がっている。

正紀は問い質しに加わらないが、部屋の隅にいた。以蔵の供述を聞きたかった。

以蔵は初め口を割らなかったが、山野辺は竹刀で責め立てた。押し込みの現場で捕らえられたので言い逃れはできない。

「この顔を見ろ」

山野辺が、弟の才蔵ら三人にしこたま殴られ、宮津屋の前の縄張りを荒らされた鋳掛屋を連れてきた。

「あのときの、一人に違いありません。頭から手拭いを被っていた人です」

間近で見たから分かると、鋳掛屋は証言した。殴ったのは他の二人で、五匁銀を寄こした男だ。そのときの悔しさを、忘れていないのだろう。

才蔵の仲間の一人であることが明らかになった。

次に山野辺は、北新堀町の豆腐屋の爺さんを呼んだ。爺さんは、縛られた男の顔をしげしげと見つめた。

「だいぶ老けましたが、房川屋の婿だった以蔵さんに違いありません」

五十両を奪い主人を殺して逃げた以蔵であることを証言した。さらに北新堀町から、二人の年寄りを連れてきた。長く、町に住んでいる者だ。

「ええ、この人です」

以蔵であることを認めた。

「これでその方の数々の罪状は、明らかだぞ」

さすがに以蔵も、鹿島屋だけでなく、宮津屋と房川屋の件も認めざるをえなくなった。獄門《ごくもん》は免れない。腹を括ったらしかった。

「逃げたのは、寅蔵だな」

「知らねえ」

弟を庇《かば》ったようだが、その言葉は誰も信じない。

「その方らは、兄弟三人で、盗人働きを続けてきたのであろう」

「………」

返事はなくとも、もう気にしない。

「身重のお由を連れて江戸を出た後、弟二人を銚子から呼び寄せたのであろう」

山野辺は決めつけた。

「お由は、子どもを産んだはずだ。どこにいる」

「そんなものはいねえ」

「房川屋から、二人で逃げたのは間違いない」

「ふん。とっくに死んじまったさ」

信じるに値しない言葉だが、山野辺が強く打ち据えても、白状することはなかった。憎悪の目を向けてくるだけだった。さすがに性根が据わっていた。

次に山野辺は、東雲屋の杉之助と三田寺町の福徳寺の僧侶を呼んだ。僧侶は寺社方の管轄だが、極悪事件に関わるので、ためらわず調べに力を貸した。杉之助は、なぜ呼ばれたのか分からないという顔をした。

しかし僧侶の顔を見た一瞬だけ、動揺が顔に表れた。正紀はそれを見逃さない。

山野辺は杉之助のいる前で、以蔵を指さして僧侶に問いかけた。

「この者と、会ったことがあるか」

「ございます。ご寄進をいただいて、逗留なさった太郎吉さんです」

以蔵は、寺ではそう名乗っていた。山野辺は次に、杉之助を指さした。

「では、こちらの者はどうか」

「太郎吉さんを、訪ねて見えました」

「私は知りませんよ」

杉之助は慌てて言った。しかし山野辺は、小坊主も呼んでいた。

「太郎吉さんを訪ねて来た方で、間違いありません」

小坊主の証言だ。

これで以蔵と杉之助が無関係ではないことになった。

「どうだ」

「申し訳ございません」

杉之助は両手をついて頭を下げた。しかし次に口にした言葉は、こちらの期待を裏切るものだった。

「以蔵さんとは、道でばったり会いました。十数年ぶりのことでございます。私たちは隣り合わせの同業で、小僧のときから知り合いでした」

懐かしむ顔で言い、そして続けた。

「悪事をして逃げたのは分かっていましたが、そうなったのには、房川屋さんの舅やおかみさんにも酷いところがありました」

「だからといって、悪事の言い訳にはならぬ」

「さようでございますが、同情と懐かしさがあって、金子を貸し、福徳寺へ行くように勧めました。会いに行ったことは、間違いありません」

「…………」

「凶状持ちを見逃したことは、私の罪でございます。これについては、償《つぐな》いをいたさねばと存じます」

「では、宮津屋の押し込みについては」

「何の話でございましょう」

「昨夜の押し込みは」

「存じません」

杉之助は首を横に振った。以蔵も、再会し金を貰ったことは認めたが、それ以上の関わりはないと証言した。

「しかしその方、先日はおミツの大家のところへ参り、鹿島屋の金繰りについて尋ねたであろう」

「それは、間違いありません。私もそろそろ東雲屋を出て、自分の店を持ちたいという気持ちがございました。そのために、訊きに行ったのでございます」

ここは譲らなかった。明白な関与の、証拠はない。杉之助の共謀は証明できない。となれば、園田や笠原の名を出すことはできなかった。


「しかし、その方らだけの企みではあるまい。力になった者がいるのではないか」

再び以蔵だけを相手に、山野辺は問い質しをした。状況からすれば、東雲屋は宮津屋事件に関与している。まず以蔵を落とさなくてはならないと正紀も思った。

この場には、やり取りを記録する同心も加わった。

「へい。こうなっちまったら、喋っちまいますが」

以蔵はそう告げてから、一息吐いた。そして憎々し気な眼差しを、山野辺と吟味方与力、そして部屋の隅にいる正紀にも向けた。

口元にふてぶてしい嗤《わら》いを浮かべて言った。

「正紀様に、いろいろとお手助けをいただきました」

「何だと」

山野辺は頓狂《とんきょう》な声を出した。あまりにも、思いもよらぬ名が出てきたからだろう。

正紀はすぐには言葉の意味が呑み込めなかった。仰天する気持ちを抑えながら、以蔵を見つめた。

「あっしは十三年前のことならばともかく、今の宮津屋のことなんぞ、よく分かりやせん。でも金があることや、店の様子について、教えていただきましたわけで」

「たわけたことを申すな」

山野辺は怒鳴りつけた。

「たわけたことじゃあ、ありやせん。本当のことで」

「正紀様とは、誰のことだ」

「やんごとないご身分だとは聞いていましたけどね、詳しいことは分かりやせん」

以蔵は山野辺を見据えてから、顎を振ってみせた。

「世迷言《よまいごと》じゃあ、ありやせんぜ。この場においでなんですから」

正紀に目を向けた。顔を知っているらしい。どこかで誰かに、「あれだ」と教えられていたことになる。そして続けた。

「高貴なご身分の方が、あっしのような者を誑《たぶら》かしちゃいけやせんぜ」

以蔵は一瞬だけ正紀に顔を向けた。すぐに外すと、山野辺に目をやった。

「うまくいったら、盗んだ金子の三割をお分けすると話したじゃあねえですか」

「馬鹿な」

もう山野辺は、激昂《げきこう》してはいなかった。厄介ごとを抱えたような眼差しで、以蔵を見つめていた。

「あっしが断ったら、ひっ捕らえるって脅した」

「そのようなことが、あるわけがない」

以蔵は、かまわず言葉を続けた。

「捕まっちゃあ、かないませんからね。受け入れることにした。ところが鹿島屋では、あっしを捕らえようとする。ひでえ話じゃねえですか」

すっかり居直っている。嘲笑《あざわら》うような言い方だった。

「証拠はあるのか」

「ありますぜ。あっしの頭と耳の中に、そのときの顔と声が残っていやす」

「そんなものが、何の役に立つというのだ」

「さあねえ。でもこのことは、書き残していてくだせえやしね」

以蔵は、記録の同心に声をかけた。同心は答えないが、筆は動かしていた。

「それはいつのことか。場所はどこか」

「いつでしたかねえ。ともかく干鰯〆粕魚油問屋のことは、やけに詳しかった」

会ったのは、宮津屋へ押し入る数日前のことだそうな。いきなり声をかけられた。明るいうちではあったが、はっきりはしない。

「舟に乗りました。そこで話したんですよ。人には聞かれたくない話ですからね」

「二人だけでか」

「いえ。体の大きなご家臣がいて、艪を漕いでいました」

「それだけでは、共にいた証拠にはならぬぞ」

「どうだかは、知りませんぜ。信じようが信じまいが、あっしはあったことを話しているだけでさ」

六

さらにそこへ、「畏れながら」と申し出てきた者がいた。南町奉行所の定町廻り同心塚本昌次郎だった。

以蔵への問い質しを中断して、山野辺と吟味方与力が相手をした。

「宮津屋の押し込みについては、それがしも気になって調べをいたしました」

正紀は、隣室に移り耳をそばだてる。塚本があれこれ調べていることは知っていた。嫌な予感があった。

「宮津屋が襲われる前でございます。巨漢の者を連れた身なりのいい侍が、宮津屋のことを聞き込んでおりました」

「身なりがいいとな」

「はい。お大名かお旗本の若殿様という見た目だったとか」

箱崎町や北新堀町で聞き込みをして聞いたものだと付け足した。

「侍の名は、分かるのか」

「巨漢の従者は、正紀様と呼びかけたそうにございます」

聞いていた正紀は、呻き声を上げた。そういえば塚本は、宮津屋周辺だけでなく、高岡藩邸を探っていたと山野辺や源之助から伝えられていた。

「こういう形で、出てきたのか」

正紀は奥歯を嚙みしめた。自分を探っていたのだとは、夢にも思わなかった。

「証人がおるのか」

山野辺が問いかけを続けた。

「箱崎町の青物屋の女房など、複数ありまする」

　塚本は、自信ありげだった。

「宮津屋の周辺に、巨漢の者が現れたことは、存じておる。しかしそれは、相撲取り崩れの破落戸だったはずだが」

　山野辺は決めつけたが、塚本の小さな笑い声が聞こえた。

「髷《まげ》や身なりなど、いくらでも変えることができまする」

　取るに足らないことだと告げている。さらに塚本は、正紀が銚子から仕入れる〆粕を宮津屋が買っていることを口にした。正紀が宮津屋へ行ったこともあり、住まいの間取りを知っていることなどにも触れた。

「ううむ」

　きちんと調べている。正紀は自分の握り拳が、汗でびっしょりになっているのに気がついた。

　しかしこの話だけならば、無礼者と怒鳴りつけて追い返すこともできる。不確かな状況証拠だけだ。しかしその前に、以蔵の証言があった。

　この申し出は、その証言を裏付けるものになる。

「正紀を名乗る者は、いくたりもあろう。どこの正紀か、はっきりさせることができるのか」

「巨漢の配下を連れて現れた侍の顔を見たと告げる者を、四名連れてまいりました」

「その者たちに面通しをさせろと言うのか」

山野辺は、動揺を隠そうとしている。顔は見えなくても、口調でそれが分かった。

「できますならば」

「しばし待て」

山野辺は、ここで一時話を中断させた。正紀と山野辺は、別室で話をした。

「どうする」

「確かめさせよう。おれは町など歩いていないからな、見ればはっきりするだろう」

検めを拒否して、逃げたと誇《そし》られるのも面白くない。また各所で正紀が目撃されていたとしても、それだけでは盗賊に指図したことにはならない。

正紀と植村が、襖を開いた部屋に座った。吟味方与力も同席している。一人ずつ塚本が連れてきた。

まずは中年の荷運び人足だった。上目遣いで、正紀と植村の顔を見た。

「ずいぶん前のことですので、はっきりいたしません」

不安げな顔で答えた。それで植村が、ふうと息を吐いた。

二人目は、青物屋の若女房だった。怯えた目を向けてきた。

「さあ」

どう答えていいか、言葉が出ない様子だ。自信がないらしかった。口をもぞもぞさせただけだった。

しかし三人目の鋳掛屋は違った。

「似ているように思います」

断定したわけではない。ただこの証言は、正紀と植村が宮津屋を探った若侍と供侍である可能性を残したことになる。

四人目の下り塩問屋の手代は、首を傾げてからもぞもぞと言った。

「そうかもしれませんし、違うかもしれません」

という結果だった。そこで山野辺と吟味方与力、それに塚本が別室で対峙《たいじ》した。正紀は加わらないが、再び隣室で耳をそばだてた。

「曖昧な話だな。確たるものは何もない」

山野辺が、決めつけるように言った。

「まことに、曖昧な話でございまする。しかし、それで済ましてよろしいのでございましょうか」

「何だと」

「そうかもしれないと申した者があり、似ていると告げた者がございました。相手が高貴な方だからとて、確かめもせずに捨て置くのは、探索をなす者としてあるべき姿ではござらぬのでは」

塚本は下手に出た言い方をしているが、引く気配は微塵《みじん》もなかった。

「ううむ」

「共謀する者であるかもしれぬならば、白黒を明らかにするために、調べを続けなくてはなりますまい」

「しかしな。正紀殿には、それがしが調べを依頼した。家臣を伴って歩くのは当然であろう」

「それは、宮津屋襲撃の後でございましょう。若侍と巨漢の者が現れたのは、その前からでござりまする」

痛いところを衝いてきた。同心でありながら、与力二人を前にして塚本は毅然《きぜん》としていた。北と南と別の奉行所だから取れる態度かもしれないが、無視はできない。

「あい分かった。その件、調べを続けよう」

吟味方与力が言った。今日の調べは、一応ここまでとなった。調べはすぐにはできない。

再び正紀と山野辺は話をした。

「すまん。おれが余計な依頼をしたばかりに」

「どのような対処をいたそう」

「かまいはしないさ。放っておけばいい。しばらくすれば、塚本の申し出などうやむやになる」

山野辺は、不快そうに切り捨てた。

鹿島屋は押し込みから守られ、以蔵を捕らえることができた。しかし寅蔵を逃し、東雲屋も主人の伝五郎まで手が及ばなかった。杉之助にしても、事件の核心に関わったことにはなっていない。

正紀には、あらぬ嫌疑がかかることになった。とはいえ、正紀が捕らえられるわけではない。以蔵の言葉は凶悪な賊の世迷言と取れるし、塚本の申し出には確固たる証拠がない。

以蔵と杉之助の身柄は、小伝馬《こでんま》町の牢屋敷に送られた。逃げた寅蔵については、ご府内の町に、不審な者を通報するようにという触《ふれ》が出された。

屋敷に戻った正紀は、事態を佐名木と井尻に伝えた。

「厄介な成り行きでございますな」

話を聞くと、佐名木は険しい顔になった。井尻はおろおろしている。

「おそらく以蔵は、東雲屋と組んだ上での芝居をしているのでしょう」

「そうには違いない」

「金子を奪って逃げられればそれでいい。しかし以蔵は、捕らえられたならば、こう言おうと決めていたのではないですか」

「うむ」

そんなところではあるだろう。

「苦し紛れの戯言《たわごと》でございますよ」

井尻は、己に言い聞かせるように口にした。

「いや、それだけではないぞ」

以蔵の発言に、塚本の調べが重なるようになっている。偶然ではないだろう。

「いかにも。園田と笠原が、以蔵らと手を組んだとは思えませぬが、杉之助は二人の意向を汲んで以蔵一味に関わったと見られまする」

「その向こうには、西尾藩側用人の加瀬や井上正棠がいるからな」

佐名木の言葉に、正紀は続けた。

新たな厄介ごとが起こった。正紀はことの顚末を文にして、尾張の伯父宗睦と兄の睦群、そして下妻藩の井上正広に伝えた。

　京にも、仔細を伝えた。

「それは」

　さすがに魂消たらしかった。家臣ともども無事に帰って来たことには安堵したが、捨て置けない話だった。

　しばらく首を傾げた京は、正紀が考えていないことを口にした。

「以蔵は、なぜ正紀様のことを口にしたのでございましょう。己には、利のない話に思えます」

「そのとおりだ」

　杉之助の背後にいる者たちとは関わりがなくとも、正紀の名を出すことが、以蔵には意味があったことになる。利益になるということだ。

「いったい何か」

「それに以蔵は、杉之助も庇ったことになりますね」

「うむ。証言次第では、杉之助も共犯にできたわけだからな」

　共犯ならば、杉之助は以蔵と同様に死罪となるところだ。しかし本人の供述と以蔵の証言によって、宮津屋及び鹿島屋への襲撃に関与したことは証明できない。十三年前にあった房川屋の主人を殺害し五十両を奪った罪人を匿《かくま》った罪だけとなる。

「せいぜい百敲《たた》き、あたりではないか。東雲屋は監督不行き届きで、屹度叱《きっとしか》りといったところになるだろう」

山野辺が忌々《いまいま》し気に言っていた。

京は首を捻ってから呟いた。

「以蔵には、江戸から逃げた女房と子がありましたな」

「なるほど」

腑に落ちた。女房と子は、死んでなどいない。どこかで生きている。その二人を守るのが東雲屋だとしたら、以蔵は杉之助を守り、正紀の名を出し続けるのではないか。

その向こうには、園田や笠原がいる。

「ううむ。やつら考えたな」

東雲屋とその向こうにいる者たちだ。

七

三日後、下妻藩の正広から、正紀に文があった。下屋敷にいる正棠が、昨日今日と二日続けて浜松藩井上本家を訪ねたと知らせるものだった。

家老浦川と正棠が面談をした。そして今日は松平乗完の側用人加瀬晋左衛門が、乗厚を伴って藩主正甫に面会したという内容である。

面談の中身は記されないが、高岡藩の跡取り問題に絡むのではないかと綴られていた。このことは佐名木も摑んでいて、怪しんでいた。

「浦川殿や正棠様、西尾藩の加瀬は、正紀様を廃嫡させ、後釜に大給松平家ご子息の乗厚様を据えようとしていますからな」

万事に慎重な佐名木だが、今回は決めつけるように言った。これまでとは、状況が変わった。

そして翌日、睦群がわざわざ高岡藩上屋敷にやって来て、正紀と面談をした。睦群の顔には、抑えようのない苛立ちが浮かんでいる。

「浦川と加瀬が、その方の廃嫡に向けて動いている。ということは、井上本家と大給松平家が手を組み、はっきりと敵に回ったということだ」

「はっ」

それは踏まえなくてはならない。

「市井《しせい》の盗賊事件が、その方の足に絡んできた。転ぶぞ」

「いや、それは」

「ないと断言できるか。敵は本腰を入れているのだぞ。つまらぬことに、関わるからだ」

吐き捨てるように言ってから、続けた。

「その方が悪事に関わるなどありえぬことは、誰もが分かっている。しかしな、高岡藩は財政で苦しんでいるという話もある」

「高岡河岸の利用や〆粕売買の仲介などで、回復はしております」

正紀は、不満の気持ちを口に出した。

「しかしな、代替わりの話が出ている。祝いの宴を盛大に行うには、それなりの金子がいる。また藩士領民に恩恵を与えて、支配を盤石《ばんじやく》にしようという下心があると噂する者もいる」

「どこにそのような貯えがありましょう。浦川や加瀬が、ありもしないことを広めているのでしょうか」

「だからこそ、その方には金子が入用だとの噂が出ている。城内だけではない。大名や旗本たちがそんな話をしている」

それくらい、噂は広まっているということだ。

「祝いの宴を盛大にという話は、正月に浦川や正棠が口にしたことでございます。それがしには、そのつもりはございませぬ」

また藩士領民の暮らしを楽にさせたい気持ちはあるが、そのために奪った金を使うなどありえない。

「しかし噂好きには、面白い話だ」

「まさか。それでそれがしが」

「もちろんだ。しかしな、事情を知らぬ者は、そうかと思う。それで悪事に手を貸したのかとな」

「確かな証拠はありませせぬ」

「それはそうだが、噓を流す方は、真偽のほどはどうでもいい。その方を貶《おとし》めることが目当てだからな」

「とはいえ、噂だけでその方が罪に問われることはない」

「その通りです」

「だが問題は、そこではない」

強い口調だ。睦群が言いたいことはその先にあった。

「大名家の世子が、市井の事件に絡み賊の頭目に共謀者として名を挙げられる。そこが問題だ。不穏な噂が撒かれている中でのことだからな」

しかもあやふやとはいえ、状況証拠まであるぞと言い足した。同心塚本の証言のことだ。睦群は、悪事に加担したかどうかよりも、そういう状況に至ってしまったことに問題があると告げていた。

「この話は、乗完殿よりご老中方に伝えられた。早い動きだ」

「はっ」

幕閣たちの渋い顔が目に浮かぶ。

「正国様隠居の届が出ているさなかだ。高岡藩の跡取りとして、その方が適切なのかという声が上がるのも当然であろう」

「廃嫡の声があるわけですね」

苦いものが、喉の奥に込み上げた。こういう展開になるとは、微塵も考えなかった。

「そういうことだ。その方は、尾張一門の中でやり手だとの声がある。将来は、それなりのお役に就くであろう。反尾張としては、今のうちに潰したいだろうとは、前にも話したぞ」

「……………」

「その方は、嵌《は》められたのだ」

「そうかもしれませぬ」

ここで睦群は、出されていた茶を一気に飲み干した。冷めているはずだが、気にしない様子だ。

「宗睦様は、この件については取るに足らぬことと閣僚の方々には話している。大奥では滝川様が、宗睦様に歩調を合わせておいでだ」

「ありがたいことです」

滝川の顔が頭に浮かんだ。

「だからといって、そのままにはできぬ」

「まさしく」

「しばらく下屋敷にて、蟄居謹慎をいたせ」

「それで済みましょうか」

世子から当主になることに、執着があるわけではない。しかし高岡藩の再生はまだ端緒《たんしょ》についたばかりで、なさねばならないことは山ほどあると考えていた。ここで藩政から離れるわけにはいかない。

「済ませるしかあるまい。宗睦様も、そのお考えだ」

「分かりました。今日にも、下屋敷へ移りましょう」

睦群が引き上げた後で、正紀は話した内容をまず佐名木に伝えた。

「それがよろしいと存じます」

迷う様子はなかった。

「その間に宗睦様は、火消しをなさるおつもりでしょう」

井尻や青山らにも伝えた。次に京に話した。

「他に道はありますまい」

京と孝姫に会えないのは辛いが、仕方がなかった。京が、正紀の手を握った。そのようなことをされるのは、めったにないことだった。

正紀も握り返した。

亀戸《かめいど》の高岡藩下屋敷に移った翌日、正森が正紀を訪ねて来た。上屋敷へ行って佐名木から事情を聞いて、こちらへ回ってきたのである。

「話は聞いた。今はそれでよかろう」

正森はそう告げてから、正紀に鋭い目を向けた。

「高岡で、正棠と会ったぞ」

「さようで」

どのような話をするか予想はできたが、その結果がどうなるか気になっていた。正森が反尾張であるのは間違いない。

「あやつ、わしにその方の廃嫡を進めるようにと告げてきた」

「予想通りでございます」

「大給松平の乗厚を推すために、四方に話を向けている」

「はい」

「押し込みの一件は、やつらが後押しをしてなしたことであろう。盗人の欲と、その方を嵌めたいやつらの欲が、絡んだのじゃ」

正森は状況を正確に摑んでいる。正紀が盗人と関わるわけがないという考えを基にすると、向こうの企みが見えたのに違いない。正紀は事件の詳細と、自らの言い分を伝えた。

「わしは、尾張は嫌いじゃが、その方は高岡藩のためになると考えておる。またあの者らのやり口も気に入らぬ」

「ありがたきお言葉」

「蟄居謹慎だけでは済まぬ。やつらはさらに追い打ちをかけてくるぞ」

真顔で言っている。脅しとは感じなかった。

「撥ね返します」

「そうじゃ。逃げた賊を捕らえ、東雲屋やあの者らの企みを潰さねばなるまい」

正森の言葉は、力強かった。

「わしも、力を貸すぞ」

「ははっ。ありがとうございます。何としても、そういたしまする」

正紀は腹の奥が熱くなった。このままにはしない、見ていろという気持ちだった。

本作品は書き下ろしです。

双葉文庫

ち-01-53

おれは一万石《いちまんごく》

世継《よつぎ》の壁《かべ》

2022年7月17日　第1刷発行

【著者】

千野隆司《ちのたかし》

【発行者】

箕浦克史

【発行所】

株式会社双葉社

〒162-8540 東京都新宿区東五軒町3番28号

［電話］03-5261-4818(営業部)　03-5261-4868(編集部)

www.futabasha.co.jp（双葉社の書籍・コミックが買えます）

【印刷所】

大日本印刷株式会社

【製本所】

大日本印刷株式会社

【カバー印刷】

株式会社久栄社

【DTP】

株式会社ビーワークス

【フォーマット・デザイン】

日下潤一

ISBN978-4-575-67117-9 C0193
Printed in Japan